ステキブックス

# 僕らは風に吹かれて

河邉 徹

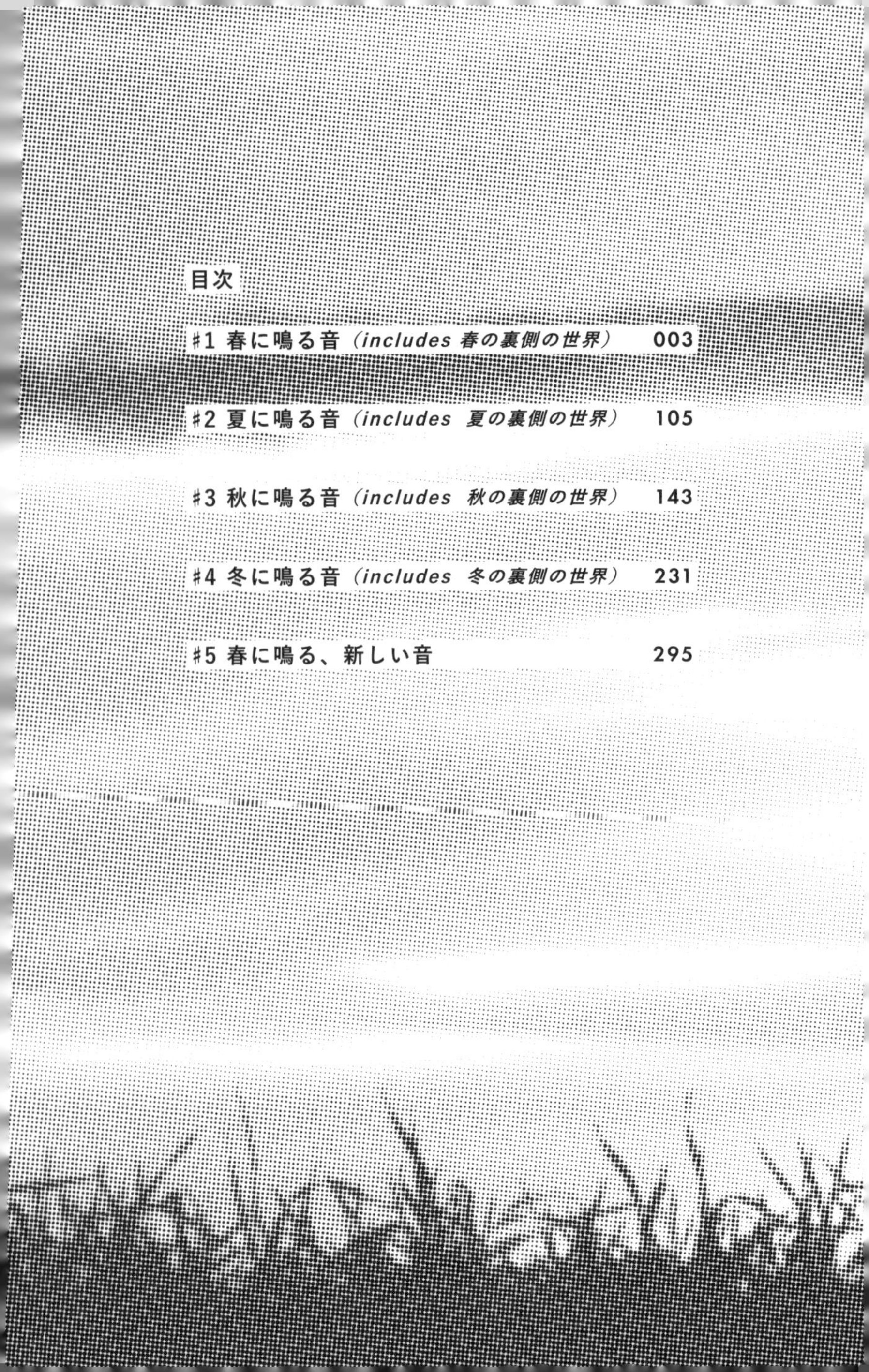

目次

# ♯1 春に鳴る音
（includes 春の裏側の世界）

新宿《しんじゅく》駅近くの甲州《こうしゅう》街道沿いにあるカフェは、平日の昼間からほとんどの席が埋まっていた。会話に興じる女性たち、パソコンのキーボードを叩《たた》くスーツを着た男性、スマホでゲームをしている学生のグループ。同じ空間にこれだけの人がいるのに、僕はここにいる誰の人生とも関わりがない。この先関わることも、多分ない。

向かい合ったソファに座って、僕は人を待っていた。ぼんやり眺めていたスマホから顔を上げると、店の入り口に蓮《れん》が立っていた。店内に視線を泳がせている。僕が手をあげると彼はすぐに気がついて、まっすぐこちらへ歩いてきた。

「湊《みなと》、ごめんな急に」

彼はそう言いながら、目の前の深緑のソファに座った。耳が少し見えるくらいに短く切った髪はゆるいクセがかかっていて、そのままヘアカタログにのってもおかしくないような雰囲気がある。両耳に、シルバーのフープ型のピアスが着いていた。

「全然いいよ。暇だったし」

言いながら、僕は自分の髪型が変じゃないか、こっそりスマホの画面を見て確認する。

「良かった、会って話したいことがあってさ。ってか結構久しぶりだな」

「そうだね。あの時ライブハウスで会ったきりかな」

蓮と会うのは二年ぶりだった。昨日突然連絡が来てからの、今日。だから僕は少し緊張していた。

言葉を交わした印象は、あの頃とあまり変わらない。なのに、今の彼はどこか芸能人のようなオーラを纏《まと》っているように見える。環境は人を変える。いや、見る人の目が変わるだけなのかもしれない。

「でも蓮のツイッター見てるから、そんなに久しぶりって感じしないけど」

「あぁ、俺もインスタ見てるから同じ感じかも」

そう言って蓮は頬をあげた。蒼味《あおみ》がかった肌は滑らかで、きちんと手入れをしていることがわかる。少なくとも同い年、二十四歳には見えない。小さな顔には嫌味なほど高い鼻と薄い唇が適切な位置に配置されていた。整いすぎた顔は冷たい印象を与えるかもしれないが、彼の大きくて丸い目は、そこにちょうどいい具合の愛嬌《あいきょう》を加えている。かわいいにも、かっこいいにもなる顔だ。

「相変わらず、湊はおしゃれだよね。それ、店で買ったの?」

蓮は急に、僕の着ているオリーブ色のトレーナー・シャツを指差して言った。

「ああ、うん。ありがと」

春になって暖かくなってきた今の季節にも着られる薄手のもので、先週買ったばかりだった。不意に褒められてどう返事していいのかわからず、僕は意図せずクールな返事をしてしまった。

「何か注文しよっか。蓮は何にする？」

僕は早口で言って、横に置いてあるラミネートされたメニューを手に取った。

「アイスコーヒーにしようかな」

「じゃあ俺も」

蓮は自然な仕草で手をあげて店員を呼び、アイスコーヒーを二つ注文した。

一瞬できた沈黙の合間に「ところで、なんの用事？」とでも言えたら良かった。だけどそれも無粋な気がして、僕は黙って店内を見渡した。なぜだろう。僕は彼といると、少し格好つけてしまうきらいがあるみたいだ。

店内の向こう側で、スマホゲームをしていた学生のグループがワッと盛り上がった。ゲームが一戦終わったのかもしれない。

「最近さ、結構いい感じだったんだよ」

彼はすぐに話の本題に移らないらしく、自分のバンドの近況報告を始めた。新宿の三百人キャパのライブハウスでのワンマンが即完だったこと。だけど、その日でメンバーが一人抜けてしまったこと。「そうらしいね」と僕は相槌《あいづち》をうつ。どちらもすでに知っていることだった。僕は彼のツイッターも、彼のバンドのツイッターもフォローしているから。抜けたメンバーはベースで、田舎《いなか》に帰ることになったとか。

蓮がフロントマンのバンド、ノベルコードは、多分今年くる。いや、もうきかけていた。デビューもしていないのに、ワンマンは即完。限定ＣＤは売り切れ。昨日久しぶりに彼のフォロワー数を確認したら、七千人もいたから驚いた。

でも、自慢話をしに僕を呼んだわけではないはずだ。蓮はそういうやつじゃない。

「湊は最近どう？」と彼が言ったので、僕も近況を話す。古着屋でのバイトのこと、インスタグラムの仕事のこと。僕は自分の話をしながら、彼は僕にインスタグラムでバンドの宣伝をしてほしいのかもしれない、と思った。

ほどなくして店員がアイスコーヒーを二つと、ガムシロップとミルクが入ったお椀型《わんがた》のケースを持ってきた。蓮は両方を一つずつアイスコーヒーに入れて、ストローでかきまぜる。僕がガムシロップを手に取って、アイスコーヒーに注ぎ始めたところで、蓮は言った。

「なぁ湊、俺のバンドに入らないか？」

「うん。……は？」

その言葉があまりに唐突で、僕は右手に持ったガムシロップを傾けたまま固まっていた。三秒くらい言葉を失ってから、確認する。

「……僕が、ノベルコードにってこと？」

「そう。ベース」

「まさか、今日話したかったことってそれ？」

「うん」

どこか照れたような顔で蓮は言った。僕はふと我に返って、空になったガムシロップをテーブルの上に置いた。コツン、と実のない音がした。

「逆に、なんだと思ったの？」

「いや……バンドを宣伝してくれとか、そういうのかと思った」

「そんなこと頼まねーよ。そりゃしてくれたら、それはそれで嬉しいけど。湊、フォロワーめっちゃいるし。確か、五万とかだろ？　すげぇよな」

そう。僕のインスタグラムにはフォロワーが五万人いる。でもそれは、そういう仕事だからだ。音楽で成功しかけている、蓮のほうがすごい。

「だけど、何で僕が？」

「一人メンバーが抜けたって言っただろ？　それってバンドにとって大変なことなんだよ。そんなに都合良く、気が合う仲間なんていないし。ぶっちゃけピンチでさ。だけど、ふと湊のこと思い出して。湊は正確なベース弾くだろ？　一緒にできたら、めちゃくちゃ面白いなって思ったんだよ。ピンチがチャンスになるかもって」

蓮は僕に、熱い夢を語り始めた。バンドがいい状況になってきていること。夢を掴《つか》むまでそう遠くないこと。有名になったらかなり稼げるということ。今のメンバーそれぞれが持っている才能など。

「バンドメンバーって運命共同体なんだよ。一人でも欠けると、すぐ次ってわけにいかない。俺、メンバーはみんな同い年が良かったし、なんか尊敬できるところがないと嫌なんだよな。だから、湊がいい」

戸惑いはあった。だけど、誘われたことは素直に嬉《うれ》しかった。

蓮の歌はすごい。上手《うま》いなんてプロになるなら当たり前かもしれないが、彼はプロの世界でも頭一つ飛び抜けているだろう。音域が広くて、女性の歌でも原曲のキーで歌える。大学生の頃から彼は圧倒的だった。ライブハウスで別のバンドを観に来た人も、彼が歌いだすとステージに釘《くぎ》づけになっていた。さらに、このモテそうな顔。頭も切れる。何かのきっかけがあれば、多分このバンドは爆発する。そんなバンドに、今誘われている。

「……ノベルコードはメジャーデビューを目指すの？」

「今の時代、メジャーがいいってわけでもない。でも起爆剤にはなるな。だから、それはこっちのタイミングでする」

「話は来てるってこと？」

「小さなところからは。どうせこれからたくさんくる」

当たり前のように彼は言った。実際そうなんだろう。業界関係者たちも彼の才能を放っておくわけがない。

「……是非一緒にやりたいけど、少しだけ考えさせてほしい」

僕には断る理由がなかった。それでもそんなにあっさり決められないから、この場ではそう言っておくことにした。

「もちろん。俺も本気だから、もし湊に他に夢があるなら諦める。やる気のない人を誘っても上手くいかないのは知ってるからさ。だから頼んでおいて悪いけど、本気でやってくれる場合だけオッケーしてくれ」

まっすぐな目で僕を見ながら蓮は言った。その瞳は雲一つない空のように透き通っていて、その奥に揺るぎない太陽のような燃える意志の輝きが見えた。

一緒にやるか、やらないか。こんなにわかりやすい人生の分かれ目などあるだろうか？

もしノベルコードが本当に売れて、いつかインタビューでも受けることがあったら「誘われた瞬間からいけると確信してました」なんて言うのだろうか。と、そんな未来を想像しているくらいだ。僕の結論は、すでに決まっているのかもしれない。

蓮はアイスコーヒーを持ち上げてソファに体を預けた。優雅に脚を組んでストローに口をつける。動きの一つ一つが洗練されて見える。人を惹《ひ》きつけるものが、確かに彼にはあった。

「メンバーの二人も、すげぇいいやつなんだよ。早く会わせたい」

まだ一緒にやるとは言ってないけど、と思いながらも僕は頷《うなず》いた。

蓮と話すのは心地良かった。自分で何かを起こそうとしている人とは、やっぱり話が合う。蓮もきっと、僕をそうだと認めてくれているから誘ってくれたのだろう。

僕は思い出したように、ストローで自分のアイスコーヒーをかき混ぜた。下にたまっていた透明なガムシロップが、全体に溶けてアイスコーヒーの一部になった。

「運命共同体って、いい言葉ね」

その週末の日曜日、茉由《まゆ》は僕の話を聞いてそう言った。

新宿御苑《しんじゅくぎょえん》は老若男女問わずたくさんの人が往来していた。入り口の門を入ると、すぐ向こうに満開の桜が並んでいるのが見える。今の季節はもっとも混雑する時期なのかもしれない。

新宿御苑には三つの入り口があるらしく、僕と茉由は新宿門と呼ばれる入り口から入った。

「バンドってそういうものらしいよ。みんなで進んでいくわけだから」

茉由の言葉に、僕は少し他人事のような返事をした。歩きながら、茉由にこの前蓮と会ってきたことを話したのだ。これまで蓮の話なんてしたことがなかったから、彼のバンドの説明からしなければならなかった。

新宿御苑の入り口付近の砂は細かくて、風が吹けば舞い上がって砂煙が立つ。水を撒《ま》いたらいいのに、と茉由は手で砂を払いながら言った。春の風はまだ冷たくて、彼女はカーディガンのボタンをしっかりとめていた。

「で、返事はしたの？」

「うん。やるって伝えた」

一日考えて、僕は蓮にラインで一緒にやると伝えた。軽い気持ちに受け取られるのは嫌だったから「覚悟ができた」という言葉を添えた。蓮は僕の返事に喜んでくれて「絶対売れるからな！」という言葉と、熊のキャラクターが闘志に燃えているスタンプを送ってきた。蓮が喜んでくれると、なぜか僕も嬉しいような気持ちになった。

「ノベルコードさ、今業界の人たちの間でも噂《うわさ》になってるんだよ。歌がめちゃくちゃ上手くて」

「そうなんだぁ。すごいね」

彼のバンドの人気を話すと、茉由は大袈裟《おおげさ》に目と口を丸くして驚いた。

茉由はこの前買ったばかりの水色のキャップをかぶっていた。その下に並んだ茶色いガラス玉のような瞳は、深い湖のように底が見えない。だからこそ、なぜかずっと覗《のぞ》いていたくなるような魅力がある。僕は時折その奥に、こちらが決して掬《すく》い取れない彼女の思考が沈殿しているのを感じることがあった。だけど一方で、口や頬といった顔の他の部分は柔軟に動き、素直に感情を表現してくれる。機嫌の善し悪しは表に出やすいタイプだ。

「そう思うと、バンドって本当に特殊ね。恋人同士に、運命共同体って言葉は似合わなくない？」

「確かに。恋人同士よりも、ある意味深い」

「それは、嫉妬したほうがいいのかな」

「しなくていいよ」

僕の言葉に茉由は笑った。笑うと、歯並びのいい小さな白い歯が見える。

道をしばらく歩いていくと、ビニールシートを敷いて花見をしているグループもいた。大人の入園料は五百円。これだけ見事な桜を見られるのだから、席代だと思えば安いものかもしれない。

「でも良かったね。湊、音楽したがってたから」

「そうだね」

「前やってたバンドより、ずっと良さそうなんでしょ？」

「うん。ずっと」

「あ、あそこよくない？」

地面の近くまで枝が伸びている桜の木を見つけて、茉由は駆け寄った。僕は使い慣れた古いコンデジをリュックから取り出す。僕がファインダーを覗くと、茉由は桜の枝に顔を近づけて、いつもの表情をこちらに向ける。彼女は写真に写る時は、正面からじゃなくて顔を横に向ける。自分で横顔のほうが綺麗《きれい》に写るということを知っているからだ。着ている白のロングシャツとベージュのカーディガンが、薄ピンクの桜の花に映えている。よく洗われたゆるいデニムと、少し汚れたコンバースの靴のバランスもいい。後ろで一つに束ねた黒い髪が、キャップの隙間から飛び出していた。

何枚か連続して撮っていると、同じ目的のカップルや女性のグループが、遠巻きに僕らのことを見ていた。ここで写真を撮りたいのだろう。

だけど、まだ僕らはやることがある。というか、ここからが仕事だ。

コンデジとリュックを茉由に渡して、今度は僕が桜の前に立つ。

「いつもの構図でいい？」

「うん、お願い」

僕は着ている白のスウィングトップのポケットに手を入れ、斜めを向いてポーズをする。インナーのマスタード色のラグランがよく見えるように、少し前を開いてみた。

何枚か写真を撮り終えたら、二人で確認する。

「うん、良さそう。ありがとう」

「私のもいいのあったら送って」

「わかった」

「もう、今日インスタにあげるの？」

「できればそうする。あと、ストーリーにあげる動画も撮っておこうかな」

「うん」

これが仕事。誰もそうは思わないかもしれない。だけど僕の仕事は、ＳＮＳに服のコーディネートの写真をあげることだ。それでブランドや企業から報酬をもらっている。いわゆる、インスタグラマーと呼ばれる仕事になる。今日は春服の宣伝の依頼だったので、こうして桜が咲いている場所にやってきた。

僕らはさらに奥まで歩いていく。初めて来た新宿御苑は想像以上に広かった。満開の桜スポットがいくつもある。

「ひょっとしたら、大ヒットするかもね」

「何が?」

「その、バンド。なんだっけ」

「ノベルコード」

「そう。だってボーカルの蓮くん、すごいんでしょ?」

「ほんと、可能性ある」

「でも、湊も十分すごいと思うよ。それもあって蓮くんは誘ってきたんでしょ」

「そうだと思うけど」

「なかなかいないんじゃない? インスタグラマーで、バンドマンになるなんて」

「インスタやってるバンドマンなんて山ほどいるでしょ」

「わけが違うよ。フォロワーの数が全然違う」

フォロワーの数。結局そういうことが大事なのだ。ただの数字だけど、それが全てだった。

「誰にだってできることじゃないよ。湊は、今の時代に合ってる」

そう。この時代に合わせられている。だから蓮は僕を誘ったのだ。ベースを弾けるということはもちろんあるけど、それ以上に、僕みたいなやつが自分のバンドに入ったら面白いと思ってくれたのだろう。

「私、湊がステージでベース弾いてるの見たことないんだよね」

「もうすぐ見られるんじゃない？」

「楽しみ。でも、どんな感じなんだろう。想像したら、なんかかわいいね」

茉由は僕のことをよく「かわいい」と表現する。彼女は、ふふ、と口元で堪《こら》えるように笑った。

なんだか似合わないことをしている、と言われたような気持ちになって、僕は少し黙る。

「あ、あそこも桜綺麗。今日来れて良かったなぁ。きっと来週には散ってるだろうから」

茉由は僕が黙ったことも気にしない様子で、池の向こうの桜を見て言った。

今日は卒業式があったのだろうか。袴《はかま》を穿《は》いた学生たちが、桜の木の下で記念撮影をしているところだった。

僕はふと、自分が学生だった頃のことを思い出した。


僕がベースを弾くようになったのは、父からそれをもらったからだった。高校一年生の誕生日に、なぜか父は僕に新品のベースをプレゼントした。僕は正直戸惑った。ベースなんて興味もなかったし、あまりにも脈絡がなかった。

不動産の管理会社で働いている父は、水曜日と日曜日が休みで、それ以外の仕事の日は帰ってくるのが遅く、ほとんど家にいなかった。一方で母はほとんど家にいて、専業主婦でいられるだけの稼ぎは十分あったようだ。僕が幼い頃に父方の祖父母は亡くなっていたが、僕が住んでいた横浜《よこはま》市内にある一軒家の実家は、その祖父母が買い与えてくれたものらしい。三人で暮らすには余裕のある広さで、家族は恵まれた環境にいたと言える。

父の趣味はアクアリウムで、リビングには大小六つの水槽が置かれており、その中で多種多様な熱帯魚を熱心に育てていた。それのせいで部屋はいつも湿度が高くて、年中コンプレッサー式の音のうるさい除湿機をつけていた。休みの日はほとんどの時間を水槽の掃除に費やす、変わった人だった。

思えば僕は、自分の人生を誰かに話す場合、父が登場するのは唯一ベースをプレゼントされたという出来事しかないかもしれない。それほどに、父は僕と積極的に関わろうとしなかったし、僕のほうもそうだった。

この時プレゼントのわけを尋ねたら「部屋で熱心に音楽を聴いているようだったから」と父は答えた。確かに、僕は自分の部屋でよく音楽を聴いていた。だけど、なぜベース。やはり、変わった人なのだ。とはいえ、誕生日プレゼントという名目で渡されたそれを、僕は拒むようなことはしなかった。

初めて持ったベースは大きくて重くて、弦の数が想像より少なかった。弾き方がわからなかったから、誰かに教えてもらう必要があった。高校で部活をしていなかった僕は、駅前にある音楽スタジオで行われている個人レッスンに、週に一度通うようになった。

乗り気じゃなかった割に、僕はすぐに楽器を弾く楽しさに夢中になった。ギターなら一人で家でも弾けただろうが、ベースは一人で演奏しても楽しくない。家ではスピーカーから曲を流して、それに合わせてミニアンプから音を出して演奏する練習をした。

音楽はもともと好きだった。僕は古いものが好きだったから、音楽もその例にもれず、古い音楽ばかりを聴いていた。ボブ・ディランやザ・ドアーズのジム・モリソンの歌声にシビれていたのは、高校の同学年の中でも僕だけだったと思う。古本屋で楽譜を手に入れ、〝Light My Fire〟というほとんどが楽器のソロで構成されている楽曲をコピーした。昔の録音の環境が理由か知らないが、音源のベースの音は細かった（またそれが良かったのだが）。だから曲に合わせて自分がベースを弾くと、低音がよく鳴り、今この時代に昔の音楽を蘇《よみがえ》らせているような気分だった。

楽器の楽しさを知った僕は、大学では軽音サークルに入った。だけど僕が思っていたよりも、みんなは今の音楽が好きだった。その当時よく街で流れていたゲスの極み乙女。やBack numberの話をみんなはしたがったし、音楽通っぽい人も、せいぜいU2やコールドプレイ止まりだった。

僕には今の日本のギターロックがすごく子どもじみて聞こえた。それに、日本語の歌詞の語感が好きになれず、言葉数の多いシンガーソングライターの歌がどうも受けつけられない。何より、流行を追いかけて人と同じになろうとする学生の多さにも辟易《へきえき》していた。どうして彼らは自分の好きなものを自分で選べないんだろう。そう思っている僕と気が合う人は、大学内にいなかった。

軽音サークルを一ヶ月ほどで辞め、僕の興味は自然と大学の外に向かった。授業が終わった後はすぐに一人暮らしの高円寺《こうえんじ》の家に帰宅し、家の近くのカフェで、コーヒーを飲みながら本を読むことが習慣になった。

大学生の頃の僕は、古い音楽と小説があれば幸せだった。今の時代、スマホさえあれば昔のあらゆる音楽を聴くことができる。また、大学の図書館に行けば大抵の本は借りてこられる。

僕はチャールズ・ディケンズやアーネスト・ヘミングウェイ、スコット・フィッツジェラルドの小説をひたすら読み漁った。本は、今よりももっといい場所へ自分を連れていってくれる。様々な小説を読んで知ったが、僕はどうにもならない状況に憧れがあった。ディケンズの物語は、多くが貧しさの中での理不尽な苦難だった。失われた世代の小説も同様に、時代背景も相まって、言葉の一つ一つが体の芯まで迫ってくるような力があった。満たされない状況の中でこそ、人の美しさと醜さが浮き彫りになり、命が輝くのだと思った。

カフェで本を読んだ後、僕は週に一度、周辺の古着屋を見て回った。高円寺駅の南側には古着屋が乱立している。その中でも中央公園の裏手にある、レイモンドという名前の古着屋によく行くようになった。奥行きがあり、四角いペンケースに入り口をつけたような形の店だった。

その店が扱っていた古着はブランド古着ではなく、六十年代や七十年代のヴィンテージ古着で、僕の趣味と一致していた。また、店員が話しかけてこないところもユニークだった。いつもいるあご髭《ひげ》を生やした店長は、僕が何度服を買い、常連と呼ばれるようなレベルになっても、接客以上の会話をしてこなかった。

　そしてもう一つ、僕がその店を好きになった最大の理由は、好みの音楽が流れていることだった。店内にはニール・ヤングやピート・シーガーのフォークソングが流れていて、それが内装や調度品の雰囲気と調和していた。色褪《あ》せたクリーム色の壁や、その上に貼られた原色を基調としたＬＰレコードのジャケット、剥《む》き出しのフィラメント電球。棚の上に飾られたガラスケースの中には、アメリカの古いコインが器用に垂直に立てて並べられていた。当時にタイムスリップしているような味わい深さがあった。

　店の奥には、白い布にリングを通したカーテンで仕切られた、フィッティング・ルームがある。その日、僕は藍色のトレーナー・シャツを試着した。生地がくたびれて柔らかくなっていて着心地が良かった。胸にプリントされた「ＵＴＩＬＩＴＹ」という単語が、擦れて剥《は》がれかけているのも味が出ている。

　口数の少ない店長に買うことを告げ、会計をしている時に、たまたま店内に流れていた曲が次の曲に切り替わった。それが、とてもいいいいいい聴き馴染《なじ》みのある曲だったので、僕は思わず言った。

「〝Blowin' in the Wind〟、この店に合いますね」

　店長は僕の目を見た。

「……ディランを知ってるんだ」

「はい」

「なんで人気が出たか知ってるか？」

「確か、カバーされたんですよね」

「ほう」

初めての会話で、彼はなぜか客である僕に敬語を使わなかった。だけどそれは、手のひらから滑り落ちたコインが地面に落ちることくらい、自然なことのように思えた。

「フォークソングはいいよな。時代を越える」

「そうですね」

「榊原《さかきばら》」

「はい？」

「俺の名前。また来いよ」

僕にトレーナー・シャツの入った紙袋を渡して、彼は言った。その日を境に、僕は榊原さんと打ち解けた。

榊原さんは四十歳前後の見た目で、前髪をいつも真ん中で分けている。顔は鉛筆で描いたような薄い目鼻立ちで、一度会っただけでは次に会っても思い出せないかもしれない。だからこそ、あごに残している黒い髭が印象的だった。

顔全体の印象が少ない理由としては――これは後から気づいたことだが――榊原さんは表情の種類が甚だしく少ない人だった。人の印象というのは、静止した状態よりも、むしろその表情の動きの精彩さにあるのだと思う。榊原さんはそういったものが欠落しているようだったし、つまり目や口の周りと頬の筋肉が人よりも少ないのかもしれない。

彼は大学生というものが嫌いらしかった。似たような格好で群れているイメージがあるからと。僕も同じことを思っていたから、僕らはわかり合えた。そして僕と彼には音楽と小説、古着という共通の好きなものがあった。

「この時代に、ディケンズの話をする大学生っていいな」と彼は言った。大抵人の心というのは、いくつもの隔たりがあるものだと思う。距離を詰めるには、それを一つ一つ越えていかなければならない。だけど、彼の場合は違った。入り口に大きな門があって、その通行を許可されると、その先には隔たりのない平地が広がっていた。

榊原さんは三十七歳で、自宅は中野《なかの》駅にあるらしかった。彼は僕以上の懐古主義で、今の時代に生まれてきたことを悔いてさえいた。きっと自分は、この国にあと半世紀でも早く生まれていたら、学生運動に力を入れていただろうと語った。僕は六十年代に学生運動があったことは知っているが、彼らが一体何を動機としてそのような暴力的行為に至ったのかをよく知らない。だから、その話には適当に頷いておいた。

榊原さんは以前まで、原宿でいくつかのアパレルの仕事をしていたそうだ。その後この場所で店を始めて、もう二年が経つ。店内の調度品は全て榊原さんの私物であり、古いレコードや珍しいコインを集めるのが、彼の長年の趣味らしい。僕には何かをコレクションするという経験がなかったが、きっと楽しいのだろうと店内を見渡して思った。

話すようになって、僕が二回目に店に行った時に、彼はそこまで自分のことを話してくれた。そして三回目に訪れた時に、彼は開口一番にこう言った。

「湊、ここで働かないか？」

挨拶の延長のような言い方だったから、僕は思わず聞き流しそうになった。

「土日だけ、意外と客来るんだよ。手伝ってくれないか」

「まぁ、いいですよ」

僕は暇だったのだ。二つ返事で土日のバイトを引き受けた。場所も家から近くて、ちょうど良かった。

古着の仕入れは、榊原さんが全部自分で行なっていた。フリマや地方の古着屋から仕入れる場合もあるが、ほとんどが海外から仕入れているとか。数ヶ月に一度アメリカにも行くらしい。

店にいる時間が増えた僕は、レイモンドにある全ての服を把握した。自分が着る服も、多くを店で買うようになった。値段も安くて、仕送りで暮らしている僕にはちょうど良かった。

「これ、ずっと売れてないし、湊に似合うと思うからやるよ」

そう言って、彼はたまに商品の服をくれるようにもなった。

平日はカフェで本を読んで過ごし、休日は古着屋でバイト。そして榊原さんとディランの魅力について語った。大学の誰かと過ごすよりも、それが楽しかった。

バイト先の店長ではあったけれど、彼は僕が大学生の間にできた、唯一の友達だったかもしれない。

人のためにと思ってしたことは、ただ恩着せがましいだけで、実際は大してためになっていない。人生というのはほとんどの場合がそうだと思う。

榊原さんは僕の人生を大きく変える、二つのものを与えてくれた。そしてそのどちらも、彼は僕のためを思ってしたことではなかったし、恩着せがましいこともなかった。

一つ目がインスタグラム。もう一つがバンドだ。

大学二年生の夏休み、僕がいつものようにレイモンドに行くと、レジ横の台にシルバーのコンデジが置かれていた。

「これ、榊原さんのですか？」

カメラの話はこれまでにしたことがなかった。

「あ、そうだ。湊はインスタとかやるか？」

榊原さんの口からそんな言葉が出てくるとは思えなくて、僕は一瞬、なんと言われたのか考えたくらいだった。

「やりますよ。そんなに頻度は高くないですけど」

「新しく始めてみないか？」

「新しく？」

「新しいアカウントを作るってこと。インスタに、服のコーディネートのせてるやつとかいるだろ？」

「見たことあります」

「それ、古着でやってるやつは少ないらしいんだよ。やってみないか？」

「僕がですか？」

「そう。湊、結構かっこいいしな。身長も高い」

そうでもない。身長は平均より何センチか高いという程度だし、大学で異性から注目されるような経験もまずなかった。

「あ、ありがとうございます。でも、そんなイマドキなものに榊原さんが目をつけるなんて珍しいですね」

僕は慣れない褒め言葉に戸惑いながら言った。

「アウトプットの仕方は変わっていくべきなんだよ。音楽だって、聴かれ方は変わっていくだろ？ディランの音楽が今はサブスクで聴けるわけだ。彼は曲を作った当時、スマホで聴かれるなんて想像もしなかっただろうけど」

あごの髭を大切そうに撫《な》でながら榊原さんは言った。妙に説得力のある言葉だった。

「湊、服組むの好きだろ？　トルソーのコーディネートするの上手いしな」

トルソーは手足がないマネキンのことだ。レイモンドにはそれが一体だけあって、入り口の前に飾られている。古着屋はほとんどの商品が一点限りだ。だから、コーディネートでその店全体の雰囲気を伝えるのには工夫がいる。季節ごとに変える必要もある。その組み合わせを考えるのが、確かに僕は好きだった。

「コーディネートは俺も手伝うよ。店の中にあるものを使ってもいい」

「でも宣伝なら、店でアカウント作ってやったほうがいいんじゃないんですか？」

「宣伝が目的ってわけでもないんだよ。あとこういうのって、誰かに作られた感じのものはみんな嫌うんだ。自然な感じで、自分で考えてやるのがいいんだよ」

まだ納得のいかなそうな僕の顔を見て、榊原さんは頭を掻《か》きながら言った。

「じゃあもしフォロワーが千人超えたら、店の中の商品をどれでも一つやるよ」

「まじですか」

僕は店内を見渡した。もらえるとなると、欲しい服がたくさんあって目移りする。店の奥にある六万くらいする革のブルゾンに、僕は遠慮なく視線を送った。

「じゃあ……」

でも、そこで思い直した。本当に欲しいものを言うのはなぜか気がひけた。だから僕は、棚の上のガラスケースに視線を移した。

「あれにしてもいいですか?」

「どれだ?」

「あの、変なコインが欲しいです」

ガラスケースの中には、榊原さんのコレクションである、珍しいコインが並べられていた。あのコインたちは、価値がわかる一部の客の間で評判のようで、面白がって覗き込む人がいた。コインのコレクションについての感想をもらった榊原さんは、服がよく売れた時くらい嬉しそうにする。顔にはほとんど表れないが、流れている音楽を鼻歌でなぞったりするのだ。

「馬鹿か。ダメに決まってるだろ」

「なんでもいいって言いましたよね?」

「あれは商品じゃなくて、俺のコレクションだ。コレクターに売ったら結構な値段になるんだぞ」

「じゃあああの、百円玉でどうですか」

「あのエラーコインか……」

中には日本の硬貨も混じっていた。もちろん彼が集めているくらいだから、普通の百円玉ではない。それはエラーコインと呼ばれるものらしく、両面ともオモテ面である花が刻印されている、世にも珍しいものだ。

「あれはかなりレアなんだぞ。あんなに綺麗に、両面にオモテ面が刻印されるミスなんてそうそう起こらないから」

彼の言うとおり、とても珍しいものなのだろうと思う。

「でも、フォロワー千人なんて簡単にいきませんよ?」

「そうだろうけど……」

そうだよな、うん、と榊原さんは無表情のまま深く考えていた。

「まぁいいか。……ただし、フォロワーが二千人超えたらって条件に変更な」

その時の彼は、僕が本当に成功するとは思っていない様子に見えた。僕自身も、そんなことが可能なのかどうかもわからなかった。

僕は榊原さんからもらったコンデジを持って家に帰ってから、インスタグラムのことを真剣に考えてみた。まず、フォロワーの多いインスタグラマーのアカウントを探し、それを真似ることから始めようと思った。人気のアカウントを見る限り、色味や構図が統一されているようだった。そして適切なハッシュタグを、可能な限りつけて投稿している。

インスタグラムを見る人たちは、コーディネートを参考にしたい人だけでなく、そこにあるファッションの文化が好きな人もいるように思った。だとすると、古着屋の店員であるということを、上手くアカウントの説得力に繋《つな》げられるかもしれない。新しく作ったアカウントのプロフィールに【文化を着る】、と意識の高そうな言葉を書いて、高円寺の古着屋で働いてることも記した。

投稿数がある程度ないと、フォロワー数も伸びない。だから僕は毎日投稿した。私物の古着や店の商品を着て、三脚を立てて写真を撮る。晴れの日に、住んでいるマンションの一階の壁の前か、店の前で撮った。

頑張り始めた理由は、別に有名になりたいからではなかった。もちろん、あのコインが喉から手が出るほど欲しかったわけでも、ない。目標を達成して、榊原さんの驚く顔が見たかっただけだ（ただ、榊原さんが嫌がるが故に、少しだけあのコインも欲しいような気持ちにはなっていた）。

拡散力はツイッターのほうがある。そちらでもアカウントを作り、連動して投稿することも始めた。

努力は実り、フォロワー数が二千人を達成するのに、三ヶ月とかからなかった。

榊原さんは悔しそうに、でも潔く、僕にエラーコインを渡した。

「お守りくらい大事にしろよ。ってか、神棚に飾っとけ」

わかりました、と僕は言って、その特別な百円玉を受け取った。手のひらの中の百円玉は、裏返さない限り、他となんら変わらない百円玉に見えた。

僕がインスタグラムに奮闘している頃、バイト中に、榊原さんはまた新しいことを言った。

「湊って、楽器弾けたりしないのか？」

榊原さんは僕に尋ねた。

「ベースなら弾けますよ」

「え、まじで？　なんで？」

「やってたからですよ」

「言えよ」

「今言いました。どうしたんですか？」

「俺の友達が、高円寺でライブハウスやってるんだよ。そこで世話してるバンドが、ベースできるやつ探してるんだって。ちょっと助けてやってくれないか？」

そんな会話があって、僕は彼の友達が経営しているライブハウスに連れていってもらった。東高《ひがし》円寺駅の近く、ビルの二階にある怪しいライブハウスで、フロアの隅にあるステージは、高さ二十センチほどの申し訳程度のものだった。そこで紹介されたバンドで、僕はサポートベースをやることになった。

バックビーターズという売れそうにない名前のバンドは、ギターボーカル、リードギター、ドラムの三人のメンバーがいた。三人とも社会人で、毎月一回、高円寺や新宿の小さなライブハウスでライブをしていた。出す音はローリングストーンズのような、いないないバンドだった。若い女の子のファンはほとんどいなかったが、一部の音楽通のファンはいたようで、毎月二十人くらいはライブを観に来る人がいた。

僕にとってバックビーターズでのライブが、バンドを組んで本格的にライブをする初めての経験だった。仲間とステージの上で演奏するのは気持ちいい。バンドの喜びを知ったのはこれがきっかけだった。ギャラなんて出なかったけど、スタジオ代やライブチケットのノルマは僕には課せられなかったし、メンバーのみんなは年下の僕をかわいがってくれた。

僕には時間があったから、呼ばれたらサポートとして何度もベースを弾いた。ほぼメンバーのようになっていたが「メンバーにはならないほうがいい」とボーカルのフォックスは忠告でもするように言った。

「もしメジャーデビューするようなことがあれば、湊をメンバーに入れるよ」

彼は、僕がバンドメンバーになることで、僕の人生に悪い影響があるのではないかと気を遣ってくれていたのだ。ちなみに大倉《おおくら》〝フォックス〟崇《たかし》という、ミドルネームがあるタイプの人だった。

バックビーターズのサポートとしてライブをしていく中で、新宿のライブハウスでの対バンで出会ったのが蓮だった。その日は若い女性の客がやけにフロアに多くて、蓮を見て、このバンドのファンなのだとすぐにわかった。

女にモテるために、アイドルみたいなバンドをやる男はいる。だけど、蓮の歌を聴いてすぐにわかった。なるほど、これは本物だ。

歌は当時から良かったが、バンド名もメンバーもノベルコードとは違う、全く別のバンドだった。音楽性も、八十年代の洋楽のギターロックみたいな音楽を奏でていた。

この頃、僕らは度々対バンで一緒になった。一応どちらのバンドもそこそこ客が入るので、ライブハウス的には見栄えが良かったのだろう。蓮の歌が好きだった僕は、彼のＳＮＳをフォローした。彼もフォローバックしてくれた。

よく話すようになった頃に「デビューとかするの？」と僕が尋ねると「ああ。でもまだ、今じゃないかな」と、そんなことを言っていた。その頃から、蓮は目の前のことよりももっと遠くを見ている気配があった。まさか、そんな彼にバンドに誘われる未来があるなんてことは、あの頃の僕は思いもしなかった。

僕が蓮にバンドに誘われた次の週、リハーサルが決まった。ノベルコードは、いつも代々木《よよぎ》駅近くにあるスタジオノアでリハーサルをしているらしい。僕は中央《ちゅうおう》・総武《そうぶ》線で代々木駅に行って、そこから歩いてスタジオに向かった。

山手《やまのて》線の高架をくぐって少し歩くと、道路の端にスタジオが見えてくる。エレベーターで二階のロビーに行くと、蓮が二人の男と一緒にテーブルを囲んで座っていた。ツイッターで写真や動画を見たことがあったので、すぐにそれがメンバーだとわかった。

「お疲れ」

蓮がこちらに手をあげる。

「新しくノベルコードに入ってくれることになった、湊。これからよろしくな」

蓮が僕を紹介してくれると、メンバーの二人は椅子から立ち上がって、優しい表情を浮かべながら小さく頭を下げた。初めて会う運命共同体に、僕は少しぎこちない微笑みを返した。

「こっちがギターのハル。プロのツアーにも参加したことのある、天才ギタリストだ」

「そんなことないって。よろしくね」

蓮に紹介され、ハルは笑いながら僕に手を差し出した。僕は「よろしく」と言ってハルと握手をした。金髪、色白、細身。この人の職業はなんですか、というクイズが出たら、九十五パーセントの正答率を叩きだすような、ザ・バンドマンという感じの見た目だ。黒のスキニーを履いていて、どうせバンズのスニーカーかな、と思って足元に視線を移すと、やっぱりバンズだった。笑った口が大きくて、少し不揃《ふぞろ》いな大きな歯が見える。離れた二つの目は白目の面積が広く、ちょっとかわいい深海魚のような顔つきだ。好みが分かれる顔だと思う。でもきっと彼はステージ映えするタイプで、楽器を持ってステージに立ったら格好良く見えるのだろう。

「そんで、ドラマーのテツ。全員同い年だから、敬語とかなしで」

「よろしくな」

素早く僕の手を掴んだ彼は、長身で引き締まった体躯《たいく》をしていた。無地の黒のTシャツという、シンプルな服がよく似合っている。ザクザクとした無造作な短い黒髪が、角度によっては爽やかにもワイルドにも見える。体格の割に手は小さくて、見た目の勢いほど強くは僕の手を握らなかった。まるで大きな動物が僕の手を傷めないように気遣うような、不器用な優しさがあった。

「インスタ見たよ。めちゃくちゃフォロワーいてびびった」

テツは落ち着いた低い声でそう言った。

「ありがとう」

「俺も見た。おしゃれでかっこいいよなー。俺の服も選んでほしい」

「いいよ」

「マジ？　古着屋で働いてるんだっけ？　買い物行きたい」

「高円寺まで来てくれたら案内するよ」

「やった」

ハルは嬉しそうに言った。きっと彼がこのバンドのムードメーカなんだと思った。

「ライブ用の服とかさ、みんなで買いに行ってもいいかもな。そしたら湊もインスタで紹介しやすいだろうし。今着てる、こういう古着もいいよな」

蓮が僕の着ている、ストライプのラインが入った紫のキューバシャツを摘んだ。

「うん。店長も喜ぶよ」

少しだけ雑談をしてから、僕らは楽器を持ってスタジオに入った。予約していた三階のAスタジオは九帖の部屋で、以前バックビーターズの時に使っていた中野にあるノアと似た雰囲気だった。

置かれていたベースアンプは、昔からの定番中の定番であるアンペグ。音を調節するヘッドアンプと音の出るキャビネットが独立していて、僕の胸くらいまで高さがある大きなものだ。使い慣れているので、音作りも安心だった。

初めてのメンバーでのリハーサルとは言え、みんなを落胆させるようなことにならないよう、僕は今日までにたっぷり時間をかけて曲を練習した。蓮からは事前に、ドロップボックスで五曲のオリジナル曲が送られてきていた。ライブでよくやっている曲はまだ十曲ほどらしくて、その中の半分だ。どれもいわゆる今時のＪ－ＲＯＣＫの曲調で、アップテンポの尖《とが》った曲から、ミドルテンポの爽やかな曲まで幅があった。何度も聴き込んでいくと、ギターロックサウンドの中にある、歌謡曲のようなキャッチーなメロディーが印象的で、それが他のバンドにない蓮の曲の特徴だと思った。

全員が音を出して準備できたところで、蓮がマイクを通して言った。

「じゃあまず、サウンドチェック兼ねて〝Walking〟から合わせるか。湊、できそう？」

「うん。お手柔らかにお願いします」

僕の言葉にハルは「こちらこそ」と言って笑った。

〝Walking〟はドロップボックスの一曲目に入っていたアップテンポの曲だった。ベースはルートを弾く部分が多いが、サビではしっかり動いて歌の間を埋めるところもある。一聴して耳に残るポップさがあり、僕が一番好きだと思った曲だった。

テツがスティックでカウントをして、曲が始まった。

ハルのギターもテツのドラムも、さすがに上手かった。前奏のギターリフが印象的な曲だが、ハルのギターの音がしびれるくらいにいい。

なぜか、初めて合わせる曲なのに、以前やっていたバンドよりもずっと弾きやすかった。テツのリズムが正確だからだ。テツはゴスペルチョップという、テクニカルでグルーヴィーなドラムが好きなのだと、以前蓮から聞いていた。タイトな演奏やミュートされたヌケのいいドラムの音に、彼の好みが表れていた。僕もあまりルーズに弾くタイプではないので、相性がいい。

そして何より、蓮の歌の力が凄まじかった。サビでの高音は鋭い伸びがあり、同じ部屋で聴くとここまで迫力があるのかと驚く。

一番が終わった後の間奏で、蓮がマイクを通して喋《しゃべ》る。

「ギターアンプ、少しこっち向けていい？　湊もベースの音量上げていいよ。曲は続けて」

僕は一瞬手を離して、ヘッドアンプのツマミを調節する。それから二番まで演奏する。少しの調節で、さらに演奏もしやすくなった。この広さの部屋でも、ドラムがうるさく感じないのはバンドが上手いからだ。そして多少楽器の音量が上がっても、全く負けない歌の強さがある。

「うん、いける。最初にしてはいいんじゃないかな」

曲を最後まで演奏し終えてから、蓮が僕を見て満足そうに言った。

「いいじゃんベース」

とテツが言う。ドラマーに言われるのは嬉しい。

「Fender いい音出すなぁ」

ハルに音まで褒めてもらえて、僕は少しいい気になった。

「じゃあ頭からもう一回やろう。それからできる曲、順番に当たっていこう」

テツが再度カウントをして、僕らはもう一度演奏する。

シンバルの高音、スネアやキックの音が鼓膜を圧迫する。ひずんだギターが体に刺さるように鳴る。歌声が面になって、スピーカーから迫ってくる。

音の洪水に呑み込まれる。

自分の弾くベースはそこにぶら下がり、時にはみ出したりもしながら、居場所を探る。ここだ、と見つけた時の気持ち良さに心は震える。

違う場所から鳴っている音像が一つの塊となり、部屋いっぱいに膨らむ。その中心に、僕ら四人がいる。

ああ、気持ちいい。音楽に手を引かれ、自分が今、違う次元の特別な場所に立っているみたいだった。ベースを弾きながら、誰も知らない世界を発見した気がして、僕は鳥肌がたった。

一番、二番、間奏を挟んで最後のサビ。

蓮の歌が一気に増幅される。声も、楽器に合わせて強弱を調節できるのだ。まさに歌が一つの楽器のようだった。

この歌と一緒に、ずっとベースを弾いていたい。目を閉じて、僕は心からそう思った。

日曜日。僕はベッドに寝転んだまま、そばにある出窓の向こうを眺めた。薄灰色の空に、墨汁を落としたような雲が流れていた。雨の音が部屋の中まで聞こえている。屋内から聞く雨の音は嫌いじゃなかった。水滴が地面を叩く痛々しい音は遮音され、丸い柔らかい音に聞こえる。

大学を卒業してから、僕は事実上フリーターになった。週末だけの古着屋でのバイトは平日に三日、土日はどちらか一日だけ、という具合だった。週末をどちらか空けていたのは茉由と時間を合わせるためでもあった。彼女は保育士として渋谷《しぶや》区で働いているので、平日に休みはない。

天気がいい週末は、どこかに行ってインスタグラム用の写真を撮る。この前桜と一緒に撮った写真のように、季節のコーディネートを強調できる場所に、遊びも兼ねていく。街中で映える服を紹介したい場合は、渋谷や新宿の交差点で撮ってもらう。店の前や家のマンションの下で撮った写真は毎日投稿しているが、そうした変化をつけることも大切だ。たまにある絵変わりは人を惹きつけるし、そうでもしないとこちらも飽きてくる。

今日のような雨の日は、大抵茉由が家に来て、二人で映画を観てゆっくり過ごす。さっき茉由から、駅に着いたと連絡が来ていた。

僕の住むマンションは、高円寺駅からまっすぐ北へ歩き、早稲田《わせだ》通りを越えた先にある。五階建ての、高くも低くもないマンションの四階の部屋に住んでいた。

部屋の間取りは1Kだが、長方形の部屋は十帖近くあるので十分に広い。部屋に入った左側にベランダに出られる窓があり、正面にはシングルベッド、そしてその向こうに小さな出窓がある。寝る前はしっかりカーテンを閉めておかないと、朝眩《まぶ》しい思いをすることになる。

部屋の右側には奥に高さ二メートルある大きな本棚と、手前に低いテレビ台があり、部屋の中央には膝までの高さの小さなテーブル、二人がけのソファが置いてある。天井からは、家の近くにある古物商で買ってきた、真鍮《しんちゅう》のランプシェードを吊《つ》るしてある。電球はLEDよりも白熱灯のほうが光が柔らかい気がして、好んでつけた。

本棚のそばには、スタンドにかけられた二本のベースがある。一本は高校生の頃に父からもらったYAMAHA。落ち着いた赤茶色のボディに黒のピックガードがついた、スタンダードなモデルだ。最近弾いていないので、少し埃《ほこり》をかぶっていた。

もう一本はバックビーターズでベースを本格的に弾くようになった頃に、自分で買ったFenderのベースだ。楽器屋で何本も試奏して、これが一番しっくりきた。だけど値段が高かったから買うのには勇気が必要だった。税込で二十一万。フリーターの身分には大きな出費だったが、今も買ったことを後悔していないのでいい楽器を見つけたと思う。メイプルのボディは碧緑《へきりょく》にラッカー塗装されていて、見た目も気に入っているし、音も下から上まで淀《よど》みなく出る。この前ハルに音を褒めてもらえた時は嬉しかった。

窓を叩く雨の音がして、僕はもう一度出窓に視線を送った。出窓がある家は珍しいし、賃貸ともなるとなおさらそうだと思う。剥き出しのステンレスの窓枠はいささか冷たい印象を与えるかもしれないが、出窓があるだけで部屋にたっぷり余裕が生まれる気がする。僕がこの部屋の中で、一番気に入っている部分だった。

窓台のスペースには、以前ピックケースとして使っていた蓋のない浅い缶のケースがあり、その中に榊原さんからもらった百円玉のエラーコインを入れている。神棚はなかったので、窓台に置いていた。両面がオモテ面になっているその百円玉は、見れば見るほど不思議な魅力があった。厚さは普通の百円玉と同じだが、まるで貼り付けたように両面に同じ桜の花の絵柄が刻印されている。ベッドにいる時には、たびたびコインを手に取って、しばらく眺め、そして缶の中に戻すということを繰り返していた。

窓台の上は缶のケースが置いてあるだけでスッキリしているが、部屋全体としては雑然としている傾向があった。五年以上同じ家で暮らしていると、自然とものが増えてくる。どこかでもらったボールペンや何かと何かを繋ぐコード、公共料金の領収書などが本棚の空いたスペースに無造作に置かれていた。他にもクローゼットに入りきらなかった服の一部が、部屋の隅に畳んで積み上がっている。

ものを捨てるのは難しい。以前一度、古いものから順に捨ててしまえばいいのだと思ったことがあった。部屋にある一番古いものは何かと考えてみるのは、興味深いことだった。そして行き着いた答えは、父からもらったあのベースだということだった。あれはさすがに、捨てられない。あのベースがあったからこそ、蓮にバンドに誘われた今の僕に繋がっているのだ。だけどそんなことを言いだすと、結局何も捨てられず、僕は断捨離《だんしゃり》を諦める。

久しぶりにYAMAHAのベースを持ち上げて、ストラップを肩にかけてみた。今使い慣れているベースよりも一回り小さくて、フレットに触れた感触がいまいち手に馴染まない。慣れって不思議だ。高校生の頃はこのベースで、ディランやザ・バンドのベースフレーズを弾いていたのだ。

僕はベースを肩にかけたままベッドに座って、この前練習したノベルコードの曲を弾いてみた。いわゆるJ-ROCKらしい八分音符のフレーズ。もしベースに意思があれば「今はそんな曲弾くようになったんですか?」と驚いているかもしれない。

しばらく弾いていると、インターホンが鳴った。モニターに、手を振っている茉由が映っている。一階のオートロックの鍵を解錠し、僕は扉の前で茉由を迎えた。

「雨、大丈夫だった?」

「うん。思ったより強かったよー」

茉由は玄関の扉の前に傘を立てかけて、スニーカーを脱いだ。靴下まで湿っているようで、洗面所までのフローリングに彼女の足跡がついた。

「パソコン、テーブルに置いてるから好きな映画選んで」

「ありがと」

手を洗った茉由は、靴下を脱いでからパソコンの前に座った。

僕らは二人とも映画が好きだから、よくNetflixの一覧の中から選んで映画を観ていた。

「この前観た映画、監督の名前なんだっけ？　同じ監督のやつ観たい」

「ウディ・アレンだね」

ウディ・アレン、と茉由は繰り返しながらキーボードを打ち込む。

「お酒飲むよね？」

「うん。何がある？」

「この前買った白ワイン残ってるよ」

「それにする」

家ならアルコールを片手に映画を観ることもできる。映画館でも飲める場所はあるが、トイレに行きたくなってても気軽に行けない。

「ジャーマンポテトあるんだけど、お腹空いてる？」

「あ、それ好きなやつ。ありがと」

話しながら、僕は冷蔵庫からジャーマンポテトが入った皿を取り出し、レンジで温める。朝作っておいたのだった。乱切りにしたじゃがいもとスライスした玉ねぎ、それからベーコンをニンニクとオリーブオイルで炒《いた》めた。胡椒《こしょう》を多めに振って、最後にギャバンのパセリを振った。

料理は嫌いじゃなかったし、誰かがそれで喜んでくれるのは嬉しかった。

テーブルの上にグラスを二つとジャーマンポテト。中心にノートパソコンを置いて、二人でソファに座る。部屋の電気を消して映画を再生すれば、二人専用の小さなシアター・バーになった。

茉由はウディ・アレンの「ミッドナイト・イン・パリ」を選んだ。タイトルのとおり、映画の舞台はパリだ。過去の時代に憧れる主人公が、気づかないうちに過去の世界へ迷い込み、失われた世代の尊敬する偉人たちと会えるという、夢のある映画だった。アーネスト・ヘミングウェイやスコット・フィッツジェラルド、パブロ・ピカソといった有名な作家や芸術家が現れ、主人公は彼らからアドバイスをもらう。

「パリ、いつか行ってみたいなぁ」

映像の中の、美しいパリの景色を観ながら茉由は言った。

映画は終盤を迎え、主人公は過去の時代への憧れというものは、いつの時代に生まれても持つものであることを知る。つまり、憧れは憧れでしかない、無い物ねだりなのだ。

この映画の言いたいことがそうだと気付いたところで、僕は少しだけ胸が痛くなった。僕も古いものが好きで、この主人公と同じ思いでいたから。

約百分のパリの世界が終わり、僕らは一息ついた。皿にあった山盛りのジャーマンポテトは空になって、胡椒の黒い粒だけがこびりついている。ワインはボトルの四分の一くらい残っていた。アルコールが、いい具合に体を巡っている。

「いい映画だったね」

「そうだね」と茉由が言った。

「湊は、色々とこの映画から学ぶことがありそう」

「学ぶこと？」

「憧れは、結局は憧れに過ぎないってことだよ」

同じことを思っていても、わざわざ人に言われると納得しがたい気持ちになる。でもそれを態度に出すのも子どもっぽい気がしたので、僕は口元で小さく笑っておいた。

「実際に行ったら、想像とは全然違うんだろうね。……それに僕らは今、誰も経験したことがないくらい、大きな変化の中にいると思うよ」

僕はさっき、映画を観ながら考えていたことを話し始めた。

「バンドも始まるしね」

「うん。それもそうだけど、もっと世界的に大きな変化が起こってるってこと」

「急に大きな話するじゃん」

茉由は薄く笑ってから、グラスにわずかに残っていたワインを飲み干した。話に興味を失《な》くしたのか、立ち上がってグラスと皿をキッチンのシンクへ運ぶ。部屋が暗いので、一瞬彼女の姿が見えなくなる。

「いや、みんな気づいてないんだよ。だっておかしくない？　当たり前になってるこのスマホだって、僕らが子どもの頃はなかった。ＳＮＳなんて、一つ新しい国っていうか……世界があるみたいで。だから僕らは、そんな変化にちゃんとついていかなきゃいけない」

「湊はついていってるじゃん。ＳＮＳを仕事にするなんて、かなり現代的だし」

茉由はシンクに置いた食器を水に浸すだけして、戻ってくる。

「そうだけど。あと僕は、音楽も今の時代のものに目を向けなきゃいけないと思った」

「今の時代の音楽？」

そう言いながら、彼女は僕の横に座った。

「うん。プロとしてバンドをやるなら、そういう音楽も聴かないとなって。この前音を合わせたら、想像以上に気持ち良かったし」

蓮、ハル、テツ。みんなの音と歌が合わさる感覚は、言葉にしがたい快感があった。早く、もう一度やりたいと思うほどに。

「湊は色々できてすごいよ。器用だと思う」

「この時代を生きていくためには、色々できないとだめなんだよね」

僕は少し酔っていたこともあって、いつもより饒舌《じょうぜつ》になっている感覚があった。そんな僕を覗き込んでいる茉由の目は、まるで月のない闇夜のように奥行きが曖昧で、そこから何を思っているのかは汲《く》み取れなかった。

「私も、そんな風に何かできたらいいんだけどなぁ」

「茉由だってしっかり仕事してる。保育士だって、誰にでもできることじゃないでしょ？」

「そうだけど。でも、もうちょっと給料があってもいいかなって思うなぁ」

不満そうに言う茉由がなんだかおかしくて、僕は笑った。

茉由は僕の腿《もも》の上に手を置いた。僕はその手に右手を重ねる。茉由は僕の手を引き寄せながら、ソファの上で横になった。上から見た茉由は、少し頬が紅潮して見えた。僕は彼女の体温に着陸するように、滑らかな首筋にゆっくりと口をつける。茉由は小さな反応でそれに応えた。鼻腔《びくう》が彼女の皮膚の匂いで満たされていく。唇と唇が触れ合うと、果実酒の匂いがした。

暗闇の中、外から微かに雨の音が聞こえる。さっきより雨脚は弱まっているようだった。


茉由との出会いは、大学生の頃だった。まだ僕が駆け出しのインスタグラマーだった頃、僕はサブアカウントを作って、そちらでは女性のファッションを撮っていた。少しでも自分のフォロワーを増やすための試みだった。

その時に女性のモデルとして来てくれたのが、茉由だった。当時大学生だった茉由は、写真のモデルとしてインスタグラムで活動していた。モデル、と一言で言っても今の時代様々な種類があるが、インスタグラムの世界には、その中だけでフリーで活動しているモデルがたくさんいる（多くは趣味の延長線上だ）。

また、同様に被写体を探している人も多い。茉由は最初、女友達に撮られて投稿されたことがきっかけで、それを目にしたアマチュアフォトグラファーたちからモデルを頼まれるようになったらしい。だけど茉由は当時の話を「黒歴史だからやめて」と嫌がる。

「撮られるの楽しそうだったよ」

「楽しくないことはないけど、やっぱり恥ずかしいよ」

「でも、しばらく続けてたよね？」

「うん。お金になったしね。それに、何かになれそうな気がしたんだよ」

それから寂しそうに言う。

「何にも、なれなかったんだけどね」

その時の僕らの関係は、ただ僕が彼女の写真を撮って、インスタグラムにあげただけだった。

そして今から一年前、僕らは偶然再会した。僕は大学を卒業して、文字どおりフラフラしている頃だった。みんなと足並みをそろえて就活をしようと思わなかったし、インスタグラムで少し収入もあった。だから古着屋で働きながら、もうしばらくインスタグラムを頑張ってみようと思っていたところだった。

母は父と違って、僕の将来の心配ばかりしていた。子どもに就職しないと言われると、普通の親はそうなのかもしれない。インスタグラムのことを説明しようとしたが、なんと説明すればいいのかわからず、なんとか立派に聞こえるように、ネットで広告費をもらう仕事をする、と説明した。

僕は母の心配を振り切ってインスタグラマーになったが、思ったような結果はすぐに出ず、実際はただのフリーターだった。なかなかフォロワー数は増えなかったし、その原因を探すのも難しい。インスタグラムの世界には、無名でも数万人のフォロワーがいるアカウントがある。そうした人と何が違うのかわからなかったし、どうして自分がもっと必要とされないのか理解できなかった。

母からはたびたび僕を気遣う電話がかかってきた。そして人に心配されればされるほど、自分がそんなに良くない状態なのかと思えてくる。電話がかかってくるのが怖くなった。焦りの中、それでも人と違う道を選んだことへのプライドもあった。立派になるまで、誰かと話すのが嫌だった。

「あれ？　湊さんお久しぶりです」

新宿駅から高円寺に電車で帰るところだった。同じ車両に乗り込んできたのが茉由だった。

「えっと……」

「藤田《ふじた》です。藤田茉由。以前インスタグラムで……」

名前を聞いて思い出した。髪が黒くなっていて、印象が随分変わっていた。

「お久しぶりです。仕事帰りですか？　いや、大学生だっけ？」

「もう働いてます。同い年のはずですよ。私は今渋谷区で保育士してるんです」

「保育士？」

「はい。公務員試験に受かって」

彼女はなぜかそう、強調するように言った。

「そうなんだ。家、こっちなの？」

「はい、国分寺に実家があります」

電車の扉が閉まり、発車する。高円寺に着くまでは七分。共通の話題は少ない。ぎこちない会話をしなければならないと身構えた。

「インスタ、あの頃からフォローしてるので見てますよ」

「ありがとう。なんか、恥ずかしいな……。モデルはしてるの？」

「もうやめました。仕事が始まるとなかなか……」

「そうだよね。ってか、同い年なら敬語じゃなくていいよ」

「あ、そっか。じゃあそうします」

茉由はそう言って、そこからあっさり敬語を話さなくなった。

「高円寺はね、たまに古着屋に行ったりするよ。そうだ、湊さん古着屋の店員なんだ」

「そうだね」

「古着屋にはレディースも置いてるの？」

「うん。良かったらおいでよ」

「え、行きたい」

「似合いそうなの、用意しておくよ」

高円寺に着いて、僕は電車を降りた。降りてから、僕は久しぶりに人とちゃんと話したような、不思議な感覚があった。

それから数日後、彼女は本当に店に来てくれた。僕が選んだ服を買って、そしてその後近くの店にご飯も行った（榊原さんは相変わらず無表情だった）。

僕は彼女の前だとなぜか饒舌になれた。格好つけなくても、上手く話をすることができた。

多分それは、茉由が僕を受け入れてくれるからだった。僕が人と同じように就活しなかったことも、インスタグラムを続けていることも、茉由は「すごいね」と言って聞いてくれる。僕が自分の悩みを話すと「そういうところ、かわいいね」と言って、どこか嬉しそうにした。

自分の駄目なところを、そんな風に言ってくれる人と初めて出会った気がした。だから僕は、彼女の前では自分らしくいられるのだ。

裸になって、事が済んだ後、僕らはベッドに寝転んで少しだけ眠った。目が覚めると雨の音は聞こえなくなっていた。出窓から街灯の光が差し込んでいる。変な夢を見た気がして、頭がすっきりしない。まるで世界の裏側から帰ってきたような気分だった。

なんとなく気だるい空気が部屋に残っていた。僕は起き上がって脱いだ服を順番に身につけた後、洗面所に行って歯を磨いた。後から起きてきた茉由も、置いていた自分の歯ブラシで歯を磨き始めた。

先に歯磨きを終えてから「今日は泊まっていく?」と訊いたら「いかない」と茉由は器用に歯ブ

ラシを咥《くわ》えたまま答えた。僕はベッドの上に戻って、適当にスマホをいじっていた。変な時間に寝たからか、頭はまだぼんやりしていた。

「明日から仕事行きたくないなぁ」

歯磨きを終えて、茉由は冷蔵庫から冷えたボルヴィックのペットボトルを取り出した。明日は月曜日だ。

「普通かもしれないけど、大変だよね。五日間も働くって」

「子どもはかわいいからいいけどね」

茉由はペットボトルのまま水を飲んで、冷蔵庫に戻す。

「新しいクラスはどう？　０歳の担任だっけ」

確か、去年度までは四歳の担任だったと話していた。

「うん。すごく小さくてかわいい」

言いながら、茉由は壁のスイッチで部屋の照明をつけた。急に点灯した白熱灯が眩しくて、僕は目を細める。彼女はソファに座って、化粧ポーチから取り出した道具で化粧を直し始めた。

「仕事はこれまでより楽になった？」

「去年よりは楽かも」

自分で歩き回る子どもとそうでない子ども。どちらのほうが世話をするのが大変かというのは、想像に容易《たやす》い。

　アイラインを引いている茉由を見ながら、ふと、彼女は毎日どんな仕事をしているんだろうと思った。子どもの世話をする。想像できるようで、仕事としての子どもの世話は、どんなものなのか上手く思い描けない。

「明日は何するの？」

「んー、なんだろ。ボール転がして遊んだり、押したら音が出るおもちゃで遊んだりするかな」

「子どもと遊ぶのが仕事だもんね」

「……そうね」

　茉由は化粧ポーチを閉じて立ち上がった。窓の向こうを眺めて「また降り出す前に帰ろうかなぁ」と言った。僕は「うん」と答えながら、もう一眠りしたい気分だった。今寝たらさっきの夢の続き……世界の裏側へもう一度行けるかもしれないと思った。

　出窓を見ると、窓台の浅い缶の中で、百円玉がキラリと光を反射した。このコインのように、裏側なんてものは存在しないのかもしれないけれど。


　光の中で目を覚ました。ずっと長い夢を見ていたような気がした。どんな内容だったかは、もう思い出せない。記憶の中の手の届かない場所に、誰かが隠してしまったみたいだ。

自分がどこにいるのか確認する。

ベッドの中。三角屋根の高い天井には太い梁《はり》が見える。

僕はのそのそとベッドから出て、木の床に足をつけた。ひんやりとした感触がして、足の裏が自分の体の一部であることを思い出したようだった。

レースのカーテンの隙間から見える窓の向こうには、白い景色が広がっていた。

扉が少し開いている。さっき起こしに来てくれたのかもしれない。僕は部屋を出て、階段を降りていく。卵を焼いた、香ばしい匂いが漂っていた。

一階は階段を降りた先がダイニングキッチンになっている。キッチンに立っている美里《みさと》さんが、僕の足音を聞いて振り返った。

「あ、おはよう」

「……おはようございます」

「どしたの、その顔」

彼女は僕の顔を、チラリと見て言った。

「どんな顔してますか？」

「うーん。まだ夢の中って感じ」

「……そのとおりだと思います」

僕の言葉に、彼女は小さく笑った。

「ご飯、ありがとうございます」

テーブルの上には二人分の食事が用意されていた。茶碗《ちゃわん》に入ったご飯と味噌汁《みそしる》。焼き鮭《ざけ》がのった皿には、ブロッコリーと梅干が添えられている。

「そろそろ起きてくると思って。どうぞ座って」

僕は言われたとおりに座った。

「早寝早起き。もう慣れたでしょ？」

「……夜起きてても、やることないですし」

やることがないから、嫌なことばかり考える。……だったはずなのに、ここ数日、僕は不思議と眠れるようになっていた。朝も、部屋が明るくなると自然と目が覚める。遮光カーテンじゃないからだろうか。健康的なサイクルだった。

彼女は卵焼きがのった皿をテーブルの上に二つ置いて、僕の前に座った。食べ物を目の前にして、自分の内臓が一気に活動を始めている気がした。体は素直だ。

「寝起きでも、食べられる？」

「はい」

僕の返事に、彼女は微笑んだ。

「じゃあ食べよ」

「……なんか、すみません。ありがとうございます」

「いいよ、これから私が助けてもらうし。そろそろ、家の中にいるのも飽きたんじゃない？」

「……そうですね」

味噌汁が入ったお椀を左手で持って、口をつけた。優しい味。体に染み込んでいくようだった。湯気がたった炊きたてのご飯。口に入れて、噛《か》めば噛むほど甘みが出る。ご飯ってこんなに美味《おい》しかったんだ。当たり前すぎて、忘れかけていたことがたくさんあることに気がついた。

正面に見える昔ながらの古いキッチンは、L字型になっていて機能性がよく考えられている。正面にふた口のコンロがあり、その奥にある棚には数種類の鍋やボウル、調味料が並べられている。棚にはおたまやフライ返しが取り出しやすいように引っ掛けられていた。

僕はふと、美里さんと向き合って食事をすることが、とても懐しいことのように思った。

「美味しいです」

「良かった」

目が合って、美里さんはうっすら微笑んだ。食事の間にした会話はそれだけだった。だけどなぜか気詰まりに感じることはなくて、家族といるような安心感があった。

出会った時からそうだった。美里さんに見つめられると、心まで見透かされているような気がして、もう何も隠さなくていいような気持ちになる。黒い瞳は光を反射すると、少女のようにキラリと輝いた。彼女は僕より四つ年上なのだが、そうは見えない。

僕は彼女の顔が好きだと思う。見れば見るほど、どうしてそれを自分が美しいと思うのだろうと考え、目が離せなくなる。まるで絵画や彫刻を見ているような感覚に陥る。胸まで伸びた髪の毛はたっぷり日焼けして、脱色して毛先が逆立っていた。

「ごちそうさまです」

食べ終えて、手を合わせて言った。彼女も同時に食べ終わった。

僕は二人分の食器をシンクに運んだ。洗い物くらいはさせてもらいたい。彼女も僕の気持ちをわかっているから、止めたりしない。

料理に使った鍋やフライパンがあったから、それも一緒に洗った。蛇口をひねると出てくる水が冷たくて気持ちいい。山から直結の自然の水だ。美里さんは僕の横に立って、僕が洗った食器を拭いてくれた。

「今日は外に行こっか。もう、大丈夫だろうから」

洗い物が終わると、彼女はにわかにそう言った。

「……はい。何か持っていくものありますか?」

「何も。もうあったかいし」

美里さんは玄関の靴箱の上に置かれた麦わら帽子をかぶった。

引き戸を開けて、彼女は外に出る。

僕も続いて、手ぶらで外に出た。

自然の中で、太陽の光が降り注いでいた。透き通った柔らかい青を含んだ空の下、遠くの山々に咲いたばかりの花が色を落としていた。まるで春の日を閉じ込めたような景色だった。

　僕は生きている。当たり前のことなのに、なぜか涙が出そうになった。

　家から出てすぐ前にある坂を、美里さんは下っていく。僕は少し遅れてついていく。

「順番に教えるよ。さっきも言ったけど、春はやることがたくさんあるから」

「やること？」

「そう、たくさん働いてもらう」

「僕、まだわからないんです。やっぱり不安も……」

「何も、考えなくていいよ。体だけ動かして。そしたらいずれ、わかるから」

　美里さんは振り向いて笑った。笑うと、そこに一輪の花が咲いたみたいだった。僕らの間に、優しい風が吹いた。

「……やっぱりまだ、夢の続きみたいです」

「不思議だよね。何もかも」

「不思議です」

　美里さんは少し考えて、それから何かを思いついたような顔をした。山々をバックに、両手を広げる。

「ワンダーランドへ、ようこそ」

　太陽の光を浴びながら、彼女は言った。

ノベルコードのリハーサルは、週に一回のペースで行われることになった。

スタジオに機材を預けておけることを知ったので、重いエフェクターボードは預けるようにしていた。スタジオに行くと、まず倉庫から自分の機材を取り出して予約していた部屋に行く。

スタジオは防音のために、分厚いドアを二つ隔てた構造になっている。一つ目を開けると、中からギターの音が漏れ聞こえた。もう一つの扉を開くと、音が止まった。ギターを肩にかけたハルが、椅子に座ってこちらを見ていた。

「おはよ。先に入ってたんだ?」

「おはよー。個人練してた。エフェクター試したくてさ」

「めっちゃ持ってるね」

ハルの足元に置かれたボードの中は、様々な種類のエフェクターが入っていた。定番のスイッチャーである、フリーザトーンの小型になったもの。その上にBOSS BD-2w、SD-1w、Ovaltone GD-013のオーバードライブが並んでいる。イコライザーやコーラスもあり、カラフルな色味にふと高円寺駅前にある八百屋を思い出した。僕のボードにある緑のBC-1xを入れたら、トマト、パプリカ、大根、ほうれん草といった具合になるだろう。

「好きな音出したくてさ、気がついたら増えてるんだよね。エレキ始めた時から、音を変化させるのが楽しくて」

「さすがだなぁ。ハルはいつギター始めたんだっけ？」

僕はベースアンプの前にボードを置いて、ベースを壁に立てかけた。

「高校生の時、兄貴が買ってくれたんだ。ずっとバンドの音楽が好きで聴いてたんだけど、家《うち》はとにかく貧乏だったから自分じゃ買えなかったんだよね。だけど、兄貴が大学生になってバイトして、そのお金で俺に買ってくれたんだよ」

「優しいお兄ちゃんだね。いい話」

「だろ？　でもこの話にはオチがあって、兄貴ギターのこと全然知らないからさ、買ってくれたのはアコギだったんだよね」

「え、まじで」

ハルは自分で話しながら、大きな口を開けて笑った。

「だけど、違うなんて言えないしさ。嬉しいのは事実だし。だからずっとアコギで、エレキみたいなフレーズ弾いてた」

「それで上達したとか？」

「あるかもな。エレキ弾くようになった時、めっちゃ押さえるの楽だったから」

それはそうだろう。アコギのほうが、弦が硬くて押さえるのは難しい。

「じゃあエレキはいつからやってるの?」

「高校卒業して、ESPっていう専門学校行ったんだよ。奨学金借りてさ。そこで練習した」

有名な音楽の専門学校だ。

「じゃあその時から音楽で生きてくって決めてたんだ?」

話しながら、僕は自分のエフェクターボードを開いて必要なケーブルをさしていく。部屋の電源は遠くにあるので、延長ケーブルを使ってボードと繋いだ。

「うん。音楽だけはみんな褒めてくれたし。あんまりそれ以外じゃ褒められなかったんだよね。勉強も得意じゃなかったしさ」

「うん」

「お疲れー。楽器の準備できたら、みんなでミーティングしていい?」

ハルがそう言った時、ガタ、と音がしてスタジオの扉が開いた。蓮とテツが一緒に入ってきた。

蓮はそれだけ言って、またスタジオを出ていった。テツはペダルとスネア、スティックケースをドラムの側に置いて、セッティングを始める。

「あれ……そっか。ボーカルって準備することないもんね」

僕は蓮が出ていった防音扉を見ながら言った。バックビーターズの時はギターボーカルだったから、準備は一緒にやっていた。

「そう。だからいつも三十分くらい遅れてくる。今日は珍しいよ」

テツがロータムをドラムセットから引っこ抜きながら言った。ワンタムワンフロアのセッティングらしく、ロータムがあった場所にライドシンバルを移動させている。

「早く来ても待たなきゃいけないもんね」

「そう。でも、ひどい時は来なかったりするし」

「え、なんで?」

「楽器同士を合わせる練習はいるけど、歌はそこまで一緒に練習しなくていいからってさ。まぁ、それも正論なんだけど、連絡しないのは駄目だよな。そういう蓮の態度が嫌で、前のベース辞めちゃったし」

「そうなんだ……」

ただ田舎に帰ったってわけじゃなかったらしい。

「いいやつなんだけどね。だから湊は、蓮の態度に愛想尽かさないでくれよな」

今度はハルが困ったように言う。

「うん、大丈夫だけど……」

僕にとっては、そんなことくらいで嫌になる前のメンバーのほうが不思議だった。ボーカルと楽器は違う。フロントマンは背負っているものが違うのだ。だけどそんな風に思えるのは、僕が正式にバンドをするのが初めてだからかもしれない。以前まではサポートベースという立場だったし、バンドというものはこうあるべきだ、というものが僕にはなかったから。

バンドだって人間関係だ。才能だけで成り立っているわけではない。それぞれの価値観があることを、お互いにわかってあげなければいけない。

楽器の準備をしている中で、ハルが曲のフレーズを弾き始めた。それに合わせて僕もベースを弾く。少ししてから、ドラムも入ってくる。今あるノベルコードのオリジナル曲は、もうほとんど指に馴染んでいた。

途中から始まった曲を最後まで演奏し終えて、自然と三人で笑った。歌がないと、より楽器の縦の合わせ方がシビアになる。そして合えば、その分気持ちいい。それに気づいたところで、ちょうど蓮が入ってきた。

「ちょっと座って話そう」

蓮が言って、四人はそれぞれスタジオの隅で重ねられていた丸椅子に座った。テツだけはドラム椅子があるのでそこに座ったままだ。

「そろそろライブをしようと思うんだ」

「よっしゃ」

蓮の言葉に、待ってましたとテツが握りこぶしを作る。メンバーが抜けたことで少しの間ライブをしていなかったノベルコードは、実質休止のような状態になっていた。蓮のツイッターにはよく、ライブをしてほしいというリプがファンから届いていた。ついに、ライブ活動を再開するのだ。

「結構メール来てたよね。ＤＭも。ライブイベントの誘い」

ハルが言った。ノベルコードのツイッターには、イベントの誘いを受け付ける用のメールアドレスがのっている。そこに連絡が来ているようだ。お客さんを呼べるバンドなのだから、主催者としては是非出演してほしいバンドだろう。

「そうだな。バンドとしてはいい兆候だと思う。でも、とりあえず今は全部断った」

さらりと、予想外のことを蓮は言った。

「……は？　まじで？」

「え、なんで断ったんだよ？」

ハルとテツがそれぞれ驚いて言った。その二人のリアクションを、蓮は気にする様子もなく続ける。

「まず、路上ライブをしようと思うんだ」

蓮のその提案が、僕にはすごく意外なものに聞こえた。そしてハルとテツにとってもそうだったようで、二人の表情には驚きと疑問が刻まれている。

「なんで？　もったいなくない？　ノベルコードは今せっかく注目されてるし、もっと価値を持たせてもいいと思うんだけど……」

手のひらで頬をさすりながら、ハルは言った。そこに、テツが少し苛立つように続ける。

「ってかさ、イベントを断るのもなんで勝手にやるんだよ。今誘われたやつ、しっかり出ないとチャンス逃すぞ。ワンマンだってしばらくしてないから、今いるファンも離れていくかもしれないしな」

急に良くない空気がスタジオの中に流れ始めていた。僕はまだ何かを言う立場じゃない気がして、ただ黙っていた。

蓮は少し目を細めて、何度か小さく頷く。

「わかる。だけど、今俺たちのライブに来たいって思ってくれる人は何百人とかだろ？　イベントに出ても、せいぜい客の数は数百人規模だ。そんなところに出ても、効果は知れてる。これまでもライブハウスでライブしてたけど、そこまで急激に大きくは広まらなかった。ワンマンだって頑張ればクアトロくらいならできるだろうけど、それが目標じゃない。そうだろ？」

「それで……路上？」

「そう。あまりみんな気づいてないけど、路上はプロになったらできない。厳密に言うと道路交通法違反だから。プロダクションに所属すると許されないことなんだ。だから、デビュー前にしか使えないボーナス技みたいなもんだ。しかも、有名になった時のストーリーにもなる」

やっぱり頭がいい。苛立っていたテツも、少し納得したのか口を閉ざした。

「で、路上で人を集めるための新しい曲がいるから、新曲を作ってきた」

「え、早っ」

僕は思わず言った。久しぶりの発言が馬鹿みたいだった。

蓮はスマホをテーブルの真ん中に置いて、音楽を再生し始める。意外にも、そこから聞こえてきたのはアコギの音だった。

「あれ？　なんでアコギ？　しかも……ドラムじゃない？」

「そう、カホンの音で打ち込んだ。テツ、カホンできたよな？」

「できるけど……」

カホンは箱型になっている、またがって演奏する打楽器だ。アコースティック編成で、ドラムに近い役割を担うことができる。

「次のレコーディングは、全部アコースティックアレンジで録音する」

「なんでだよ。そんなことしたらアコースティックバンドのイメージついちゃうだろ。それはノベルコードじゃない」

テツがまた言い返す。いくら同じ打楽器とは言え、カホンとドラムでは勝手が全く違うからだろう。

「まぁ聞けって。路上ではそのアコースティックの音源を売る。で、バンドサウンドはライブハウスでしか聴かせないようにするんだ。そうすればみんなバンドサウンドを聴きたいからライブハウスに来る」

考える時間を与えるように、蓮は一瞬間を空けて続けた。

「で、ファンはライブハウスで聴くと、今度はその音源も欲しくなる。そしてそれが音源になる時は……メジャーデビューする時だ。そうすれば、もともとのファンの熱量も高められる」

「なるほど……」

ハルが納得の声を出した。僕も思わず「すごい……」と呟《つぶや》いた。ファンの心をしっかり読んで、筋書きができている。テツは黙ったまま、渋々の様子で頷いた。

スマホから流れる曲はAメロに入りBメロ、そしてサビへと続く。キャッチーでわかりやすい歌だった。アコースティックアレンジの分、歌がより突き抜けて聞こえる。

「いい曲だと思う。耳に残るし。ギターのフレーズ、少し変えていい？」

「もちろん。湊もベース、別にこのとおり弾かなくてもいいからな」

「わかった」

「じゃあドロップボックスで今送る。早速で悪いけど、曲覚えてアレンジしといて」

「え、今日？」

蓮が急に言ったので、さすがに僕は驚いた。

「うん」

「俺、今日カホン無いんだけど」

テツが言う。そのとおりで、誰もアコースティックの準備などしていない。

「アコギとカホン、どっちもレンタルであったから借りたらいいよ。借りてこようか？」

「いや、でも」

「何？」

「……自分で借りてくる」

言いながら、テツは不満を隠しきれていない。

「あと路上では一曲ずつ、ヒゲダンとあいみょんの曲をカバーする」

「オリジナル曲があるのに？」

「そのほうが後から話題になりやすい。拡散できる話題を俺たちから作らなきゃいけないんだよ。メディアも取り上げやすくなるし、名前が広まれば曲は広まる。俺を信じろ」

俺を信じろ。なかなか言えない言葉だが、蓮が言うと似合っているし、説得力もある。

「俺は家でカバー曲のアレンジ軽くやっとくから、今日はよろしく」

そう言って蓮は立ち上がる。そのまま「じゃあ、お疲れ」と言ってあっさりスタジオを出ていった。

残された三人には、まるで嵐が去った後の孤島に取り残されたような空気が流れていた。

「……ったく、自分勝手だよなぁ」

呆《あき》れたようにテツは言った。

「なんかごめんな」

ハルがこっちを向いて謝る。

「ううん、全然。ありがとう」

「あいつだって、俺たちを困らせたくて言ってるんじゃないんだよ。ただ、前しか見えてないだけで」

ハルの言うとおりだろう。蓮は頭の回転が早い。常にみんなの一歩も二歩も先を行っている。多分、周りのことを気にする優しい人では、蓮のようにはなれない。彼は夢を叶《かな》えるために、必要なものだけを選んで進める、ある種の冷徹さがある。そして、そうしても許されるだけの実力も。そんな彼に必要だと思ってもらえた自分は、胸を張るべきなのかもしれない。

三人で蓮が作ったデモを聴いて、曲の構成を覚える。

テツは受付で借りてきたカホンにまたがって叩き始めた。ハルもアコギを弾き始める。僕はベースをツマミで音量を下げて弾く。蓮が作ったアレンジの中に、それぞれの感性が足されていく。

二人ともアレンジのスキルが高かった。二番のAメロはリズム隊をなくしてみたり、Dメロをハーフのリズムに変えたり、元のイメージを残しながら新しい提案が加わっていく。僕も新しいベースラインを弾いてみる。そのフレーズいいね、と二人に言ってもらえると嬉しい。

最初は渋々だったはずの作業は、時間が経つにつれ熱がこもってきていた。自分の弾いた音が作品に加わり、新しい色をそこに落とす。ほんの些細《ささい》な違いかもしれないが、真っ青な空の絵の中に一つ雲を足すだけで、全体の印象は大きく変わる。

ただなぞって弾くだけではなくて、バンドは仲間と一緒に何かを作るのが楽しいのだと思った。そしてそうすることで、自分もやっとノベルコードのメンバーになってきている実感がした。

予約していた三時間のリハーサルはすぐに過ぎていった。アレンジはかなりブラッシュアップされたと思う。充実感を覚えながら、僕はベースをケースにしまっていた。

「湊はこの後なんか予定ある?」

ハルが言った。

「特に何も無いよ」

「じゃあ三人で軽く飲みにいく?」

「いいよ。もちろん」

機材を預けてから僕らはスタジオを出て、代々木駅に向かって道を歩いた。高架をくぐった先にはいくつも店が並んでいて、選択肢はたくさんあった。だけど、どの店でもいいという意見が三つ集まっているせいで、逆に簡単に決められない。

「焼肉屋あるぞ」

テツが言った。

「おっ、面白そうだし行ってみる?　湊はどう?」

「うん、いいよ」

お腹が減ったからでも、美味しそうだからでもなく、面白そうだからという理由で焼肉屋に入るのは初めてだった。

店に入ると時間がまだ早かったからか、広い店内はほとんどガラガラだった。真ん中にロースターのついたテーブル席に座って、テツがドリンクメニューを眺める。

「湊は普段、酒飲む?」

「うん。普通に」

「何が好き?」

メニューから視線を移さずに、テツは言った。

「なんでも。家ではワイン飲んだり」

「おっしゃれ」

「でも焼肉ならビールかな」

「そうだな。俺もビールにしよ」「俺も」

ハルが店員を呼んで、生三つとナムル、あと適当に肉と野菜を注文する。店員はロースターに火をつけて去っていった。

「湊って古着屋でバイトしてるんだよね?　どのくらいの頻度で入ってるの?」

ハルが尋ねた。こうやって相手に興味を持ってすぐ質問をするのが彼らしい。

「週に四日くらいかな」

「楽しい?　古着屋って忙しそうだよね」

「いや、ぶっちゃけ暇な時間多いよ。だからその間に、インスタ用の服の組み合わせ考えたりしてる」

「そうだ、インスタすごいよな。あれって儲かるの？」

「俺もそれ気になるわ」

テツも前のめりになって、興味を示す。すぐに注文していたビールとナムルがやってくる。とりあえず三人で乾杯をして、ビールを喉の奥に流し込む。テツは一息にジョッキの半分まで飲んでいた。

「んー、儲《もう》かるかどうかは人によるんじゃないかな。僕の場合はファッションだから、月に何件かブランドから商品の宣伝してくれって依頼がある。たまーに広告代理店から連絡が来ることも。あと、店長の友達がやってる店からお願いされることもあるよ」

「へぇー。一回で、どのくらいもらえんの？」

テツの直接的な質問に、僕は一瞬躊躇《ちゅうちょ》する。でも、バンドメンバーに隠すことでもないから答える。

「よく言われるのは、フォロワー数×一円とか。ストーリーにあげるかどうかとか、そういうのでも変わってくるけど」

「じゃあ、フォロワーが五万人いたら、一件五万円ってこと？」

「うん。大体」

驚いてるとも納得してるとも言えない表情で、二人は何度か首を縦に動かした。

「あーでも、服に興味がある五万人が見ると思えば、服を売りたい側としては宣伝の効率がいいのか。それってどのくらい依頼くるの？」

二人とも、踏み込んで訊《き》いてくる。想像がつかない世界に興味が惹かれる気持ちはわかるから、僕は答える。

「それも時期による。月に一件の時もあれば、五件くらいの時も。不安定だよ」

「いや、でもそれで結構余裕持って暮らせるじゃん。さすがだなぁ」

「二人は？　ハルはサポートでギター弾いてるんでしょ？」

ちょうど、店員が肉と野菜を大きな皿にのせて持ってきた。肉の種類はカルビ、ロース、ハラミだ。

「んー、サポートは一回三万とかかな。でもライブって大体週末だからさ、バンドやってるとそっちの予定とかぶるだろ？　サポートの仕事が入っててバンドできないとか本末転倒すぎるから、そんなにしてないんだよな。今はギリギリ食ってけたらそれでいいってぐらい。まじ金ないから、早く売れて金持ちになりたい」

バンドマンにありがちな話だ。ハルは見た目だけでなく、暮らしまでザ・バンドマンだ。

「でもノベルコードくらいの人気だと、バンドの稼ぎも結構あるんじゃないの？」

「ああ、それはな」

とテツが言う。

「ライブしてる時は多少あったけど、基本全部バンドの活動資金に入れてるんだよ。ほら、さっきのリハ代とかもそう。今度のレコーディング代もそこから払うんだ。だからそれが尽きるまで、俺らは直接お金払わずにバンドができる」

さっきのリハ代、僕が払わなくて良かったのはそういう仕組みだったらしい。

「あと、必要な時は蓮が出してくれることもあるし」

言いながら、ハルがステンレスのトングで肉を摘んで、焼き始める。網の上にのった肉が、じゅう、と気持ちのいい音を立てる。

「え、なんで？　蓮ってお金持ちなの？」

「そうだね。蓮の親父、あんまり人に言ってないけど、結構有名な音楽プロデューサーなんだよ。両親はもう離婚してて、父親とはあまり関わりないらしいけど、お金はあるみたいで」

父が音楽プロデューサー。彼の才能は、遺伝子も理由だったらしい。

「やっぱりバンドメンバーって、お互いのことなんでも知ってるんだね」

「付き合い長いからね。テツと蓮なんて、中学まで学校も一緒だったし」

「え、そうなの？　幼馴染なんだ」

テツは「そうだよ」とあまり嬉しくなさそうに言った。

「……もしかして、テツもお金持ち？」

「そうだったらいいんだけど、そうでもない。サポートたまにやったり、ちゃんとバイトもして稼いでる」

「こいつ、声かかってるのにサポートあまりやらないんだよな。めっちゃ人脈広いのに」

ハルは肉の焼き加減を注視しながら言った。

「そうでもないよ。ただ、ドラマーは社交的なんだよ。一人じゃ成り立たない楽器だからさ」

照れ臭そうにテツが言った。あまり自分のことを良く言われるのは、居心地が良くないみたいだ。

「テツはどんなバイトしてるの？」

「んー、色々やったけど、最近は融通の利く系だな。前日とかに入れたりキャンセルできたりして、バンドに迷惑かけないやつ。空き時間にちょっと入れるバイトを見つけるアプリとかもあってさ」

「そんなのがあるんだ」

「蓮と一緒にバンドやるには、そういうのも必要なんだよ。あいつ急に予定入れたりするから。湊もこれから気をつけないといけなくなるだろうな」

そうなんだ、と僕は言いながら、なんとなく榊原さんの顔が浮かんだ。柔軟な対応をしてくれそうな気がする。

「俺も、急にライブの予定入れられて困ったこととかあったもん。ほい、肉」

ハルが焼けた肉を、こちらの網の端に移動させてくれる。

「ありがとう。ってかごめん、焼いてもらって」

「好きだからいいよ」

みんな同時にロースを頬張る。「うまっ」とテツが言う。

「湊って彼女いんの？」

出し抜けにテツが言った。焼けた肉を網から手元に移す腕はがっしりしているが、その先の手は小さくてアンバランスに見える。

「いるよ」

「何してる人？」

「保育士。一応公務員らしいよ」

「お、安泰じゃん」

ハルが言った。

「二人は？　彼女いる？」

「俺はいるよ。ハルは最近別れた」

「うるせー」

ハルは網の上のカルビを裏返しながら言う。脂が下に落ちて、一瞬炎が音を立てて大きくなった。次僕が焼くよ、と言って、僕はハルからトングを受け取った。

「なんで別れたの？」

「家だよ、家」

ハルが答える。家族に反対されたのだろうか。

「俺の家、四帖半なんだよ。ユニットバスだし」

「え、家って本当に家が原因ってこと？」

「そうだよ。半年くらい付き合ってたんだけど。部屋が狭いことも言ってたし。でも、実際に見せたらドン引きされて、そこからフェードアウトってやつ？」

「そんなことあるんだ。……ってか、なんでそんな家住んでるの？」

ビールを飲みながら僕は尋ねた。

「金がないのに、便利なとこに住みたかった結果だよ。家は代々木の、ここからすぐ近くなんだ。誰かに誘われたらすぐに飲みに行けるし」

「家賃は八万もするんだぜ」

テツからの横やりに、うるせー、とハルが言う。

「実家暮らしは羨《うらや》ましいよなぁ」

「だからやっていけてるんだよ」

テツの実家は高田馬場《たかだのばば》にあるらしい。あんな場所に実家があるって、どんな暮らしなんだろうと思う。

しかし、四帖半で八万は衝撃だった。代々木駅近くだから仕方ないとは言え、東京の家賃の高さはどうかしてる。そんなことを思いながら、僕は焼けた肉をみんなに配る。

「俺もアヤちゃんみたいに、性格のいい子探すよ。気の強い子は、やめたほうがいい」

「アヤちゃん?」

「テツの彼女。いつもバンドの手伝いしてくれてるんだ」

言われて、テツは嬉しそうに微笑む。

「もともとバンドが好きな子なんだよ。今マネージャーみたいなことしてくれてて」

「それってファンにバレたりしないの?」

「バンドの時はいつもマスクしてるし、敬語で話すから大丈夫」

そんなことでごまかせるのかな、と心配になる。まぁ、バレてもドラマーだからいいのかもしれない。蓮ならファンはショックを受けるだろう。

「蓮は彼女いるのかな?」

「いるよ。ほしのえりかって子。雑誌のモデルしてるって。調べたら出てくるぞ」

「え、調べてみよ」

僕は早速スマホで検索してみる。ほしのえりか。漢字で星野瑛里華《ほしのえりか》らしい。ツイッターが見つかった。フォロワーは四千人ちょっと。ツイートを遡っていくと、モデルらしく自撮りが多めだ。何かのテレビ番組にも出演しているようで、芸能人と一緒に撮った写真ものせている。

「かわいい子だ」

「かわいいのプロだもんね」

僕の言葉に、ハルが言う。

「どこでこんな子と出会うんだろ」

「あいつ、結構遊んでるからな。自由なんだよ。ま、だからステージであんなオーラを出せるんだろうけど」

テツが、僕が配った肉を口に放り込みながら言った。褒めているとも貶《けな》しているとも取れる言い方だった。僕も肉を口に入れる。結局、焼肉はハラミが一番美味《うま》いと思う。

「正直さ、湊がいいやつで良かったよ」

「どういうこと?」

「最初、新しいメンバーを見つけてきたこと、蓮は俺たちに相談すらなかったんだぜ」

「え、そうなの?」

「そう。そういうの、全部自分で決めちゃうんだよな。たまに俺様気質が暴走するっていうか。俺は蓮みたいなやつが、もう一人増えたらどうしようかと思った」

俺様気質。蓮は才能がある分、なんでも思いどおりにいかないと気が済まないのだろう。

その時、テーブルの上に置いていたスマホに通知が届いた。ノベルコードのグループラインに、蓮がメッセージを送ってきたのだった。

「あれ、蓮からだ」

確認すると、カバー曲のデモが早速送られてきていた。

「おっ、ちょうどいいし三人で聞こうぜ」

いったん肉を焼くのを中断して、ハルがドロップボックスから曲を再生する。みんなで顔を寄せて音を聴いた。曲はあいみょんのヒット曲だった。アコースティックのアレンジになっていて、蓮が歌っている。

「すげー、原曲キーで歌ってる」

歌が力強い。蓮の歌の上手さは、わかりやすい上手さだ。声に味があるとか、表現が上手いとか、そういうことじゃない。ただひたすらに声が抜けて、迫力がある。そして歌が上手いということは、ドラムが上手いことやベースが上手いことの、低く見積もって百倍は価値のあることだと僕は思う。

「やっぱいいよなぁ。ムカつくとこはあるけど、すげぇんだよな」

テツがしみじみと言う。なんだかんだで、二人とも蓮を信頼している。僕がバンドに誘われた時、蓮だって二人の技術を褒めていた。こういう信頼関係があるから、バンドを続けられるんだと思った。

いいな。バンドって。

新曲のアコースティックバージョンのレコーディングは、代々木ノアで行われた。エンジニア料とマイクなどの機材費をセットで借りることができて、割安でレコーディングできる。

録音する曲は二曲。

以前やっていたバンドでもレコーディングの経験は一応あったが、その時はエンジニアは入れずに、メンバーの一人がその役割をしていた。なので今回はその時よりも本格的だ。

レコーディングに使うG1スタジオは、普段リハーサルに使っている部屋よりも広く、さらにもう一つミキサーのあるサブルームが付いている。サブルームにはスタジオの様子が見られるモニターがあって、演奏するプレイヤーの姿を確認することができる。

広い部屋の真ん中に、テツがカホンと小さなシンバルをセッティングしていく。僕とハルも同時進行で、それぞれの楽器の音作りをしておく。アコースティックなのであまり太い音じゃないほうが良いのだろうか、などと考えながらイコライザーのツマミを触っていた。

「じゃあ、カホンから一個ずつ音重ねていこう」とテツが言った。

「アコースティックアレンジだから、そんなに時間かからないと思うんだよな。サクッと演奏するよ」

レコーディングでは、違う楽器の音がマイクにかぶらないようにしたほうが後から音を調整しやすい。部屋が一つなら、別々に録っていく必要がある。大抵はドラムなどのリズムから順に録音する。

僕とハルはブースに戻り、テツのサウンドチェックが始まるのを待った。

エンジニアを担当してくれるスタッフは、メンバーより少し年上の若い男だった。手際良くカホンとシンバルにマイクを立てている姿が、モニター越しに見えた。モニターの中でテツは夢中になってカホンを叩いている。楽器が好きなんだろうなと思う。少しするとエンジニアがサブルームに戻ってきて、ヘッドホンを着けてミキサーを弄り始めた。

サウンドチェックの間、僕らはブースの壁際にあるソファに並んで座って、スマホを眺めたり、置いてある音楽雑誌に目を通したりしていた。

「湊って、もともとどんな音楽が好きなの？」

蓮はＤＴＭマガジンのバックナンバーを開いて、膝の上に置いている。

「もともとはボブ・ディランかな。高校生から大学生の間ずっと聴いてた」

「え、渋くね？」

蓮は面白そうに言った。

「あー、でもなんかわかるかも。湊が前やってたバンドってニルヴァーナっぽかったよな。古着好きだし、ちょっと昔のものが好きなんだ？」

「そうだね」

思えば学生の頃、どうして僕はあんなにディランを聴いていたんだろう。古い音楽や小説になぜこんなにも惹かれるのか、自分自身よくわからない。雰囲気、憧れ、郷愁《きょうしゅう》。近い言葉は出てきている気がするのに、その先は見つからない。

「蓮は何聴いてたの？」

「んー、なんでも。オヤジがいっぱいCD持ってたから、そこから選んで聴いてた。それこそニルヴァーナとかフーファイとか。日本だと、今はオーケーロッカーズかな」

「オーケーロッカーズのライブ、ノベルコードのみんなで一緒に行ったんだよね」

横に座っているハルが言った。今日本のロックバンドで、一番人気のバンドの一つだ。日本ではドームツアー、海外でも大きなツアーを回れるくらいの人気がある。言われて思ったのは、蓮はオーケーロッカーズのボーカルのTAKEに少し歌い方が似ている。それを少し柔らかくして爽やかさを足せば、蓮の声になる。好きなアーティストに影響を受けるのは当たり前かもしれない。

「準備できましたー」

ヘッドホンをしていたエンジニアが、僕らに振り返って言った。

「じゃあ、一曲目から演奏します！」

向こうのスタジオから、テツの元気な声が聞こえる。

蓮が作ったデモに合わせて、テツがカホンの演奏を始める。二曲をそれぞれ二テイクずつ録ったら、もうそれで録音は終わった。ドラムセットだとこうはいかないのかもしれないが、それにしても早い。リズム感がしっかりしているからだ。

「じゃあ、次ベースね」

僕はテツと交代でスタジオに入る。しばらくベースのフレーズを弾き続け、エンジニアと音を作っていく。音が決まったら、ヘッドホンから流れるさっき録音されたテツのカホンに、ベースを重ねていく。みんなで同時に合わせる時以上に集中力が必要だった。

一テイク目は、緊張していて納得いく演奏にならなかった。二テイク目はいつもどおり演奏できて、ヘッドホンから「いいんじゃない？」という蓮の声が聞こえた。


短い時間でも、集中して楽器を弾くと疲れる。ヘッドホンを外すと、急に疲労感がやってきた。

「湊くんお疲れ様ー」

僕が二曲録り終えてブースに戻ってくると、さっきまでいなかった女性が二人、ソファに座っていた。

「湊、紹介しとく。俺の彼女の瑛里華」

「こんにちは」

瑛里華と呼ばれた女性は、立ち上がってお辞儀をした。この前焼肉屋で彼女のツイッターを見ていたから、すぐにわかった。写真の印象よりも背が高くて、細身のすらっとした女性だった。胸元まで下ろした明るい色の髪が、垢抜けて見える。着ている大きな花柄の黄色いワンピースは、似合っているけれど、目が痛くなるような派手さだ。身長も、服も、顔も人の目を引く。ずっと、注目されることが当たり前の環境で生きてきたのだろう。

「湊です」

「こっちは俺の彼女のアヤ」

次に、テツがもう一人の女性を紹介してくれた。

「湊くん、よろしくね」

アヤはボブヘアーの黒い髪のせいか、瑛里華とは対照的に、まるで学生のように幼く見えた。身長も低く、着古したグレーのパーカーがいい感じのサブカル感を出している。下北沢《しもきたざわ》を歩いていそうだ。

メンバーの彼女たち。僕はどんな表情をしていいのかわからず、作った笑顔を顔に貼り付けてお辞儀した。

「これ、瑛里華が買ってきてくれたからみんなで食べようぜ」

テーブルの上に、ミスタードーナツの大きな箱が置いてあった。中を覗くと、全部違う種類のドーナツがぎっしりと敷き詰められていた。

「今度のライブの時、アヤがＣＤの販売手伝ってくれるんだよな」

「うん。新生ノベルコード、ついにスタートだね」

テツの言葉に嬉しそうに返すアヤは、運動部の元気なマネージャーのようだった。ハルが羨ましがるのもわかる。

「知らない人も買いやすいように、ＣＤは二曲入りで五百円にしよう。それを五百枚だけ作って、即完させたい。単純計算で二十五万になるから、利益も出る」

「五百枚って、そんなにすぐ売れるもんか？　ＣＤプレイヤーが家にない人も多いらしいし」

テツが少し不安そうに言った。値段が安いとはいえ、ＣＤを五百枚売るのは結構大変だろうと僕も思う。

「ＣＤを外した裏側に、曲をダウンロードできるＱＲコードも付けようと思う。あと、アヤちゃん販売上手だし大丈夫じゃないかな」

「うん、任せて」

アヤは胸を張って言った。

「あ、次アコギの番だよね。俺サウンドチェックしてくる。俺のドーナツ置いといてよ」

ハルは笑いながら、ドーナツの入った箱に指を差してサブルームを出ていく。モニターに、ギターを肩にかけるハルの姿が映っていた。

「湊くん、甘いもの大丈夫だった？」

ぼんやりモニターを眺めている僕に、ソファに座っていた瑛里華が言った。肩幅に対して異様に小さな顔は、逆にアンバランスに見えるくらいだ。

「もちろん好きです。ありがとう」

「じゃあどうぞ、好きなの選んで」

今すぐどれか一つを選んだほうがいいみたいで、僕は箱の中を覗き込んだ。生地に砂糖がまぶされた、ふっくらした小さめのドーナツを選ぶ。それが一番掴みやすい気がしたから。

ありがとう、と言いながら、僕は遠慮なく手で持ってかじった。

「私、インスタ見てて湊くんのこと、もともと知ってたよ」

「え、そうなの？」

僕はもごもごと口を動かしながら言った。

「ファッション好きな人は、湊くんのこと知ってる人結構いるんじゃないかな。だから蓮がメンバーに誘ったって聞いて驚いたの。知り合いだなんて知らなかった」

知ってもらえているなんて、嬉しいことだった。

「今って、アパレル経営してる人がバンドメンバーにいるとか、そういうの結構増えてるみたいなんだよねー」

そう言って瑛里華は髪を掻き上げた。耳には蓮とお揃いのシルバーのピアスが着いていた。

「バンドメンバーが小説家してるバンドとかもあるらしいし」

「へぇ……そうなんだね」

「インスタグラマーがメンバーにいるっていうのも、今時っぽいよね」

今時っぽいよね。

僕は自分がやってきたものが大きな括《くく》りに無理やり押し込まれ、たった一言で片付けられてしまったような気がした。ドーナツの最後のひとかけらを、口に放り込む。指先に砂糖の粉がへばりついていて気持ち悪い。拭きたいけれど、部屋の中には紙ナプキンもティッシュも見当たらなかった。


僕のノベルコードとしての初めてのライブは、新宿駅南口横の歩道に決まった。

蓮は一週間前からノベルコードのツイッターで「ついに始動」という情報を出して、毎日カウントダウンを始めた。「あと七日」「あと六日」と日々減っていく数字に、待っていたファンからは百を超えるリプが集まっていた。そしてライブの前日に、新しいメンバーの加入と、今日の路上ライブが発表された。

同時に、僕もインスタグラムでバンドのアーティスト写真と共に情報を出した。写真は蓮の友達のカメラマンが撮ってくれた。新宿の雑踏の中で写真を撮り、揺れ動く歩行者の中、四人だけが止まっているアーティスティックな写真が完成した。

僕のフォロワーのほとんどは、バンドの世界に詳しくない。みんなファッションが好きでフォローしている人ばかりだからだ。なので、僕がノベルコードというバンドのメンバーになると報告しても、あまりピンとこない人が多いようだった。しかしコメントの中には「えっ、ノベルコード知ってます」という驚きのコメントがいくつかあった。翌日になると、もともとのファンの人たちからの「よろしくお願いします」という謎の挨拶コメントもあり、僕のフォロワーは昨日から今日で三百人増えた。プロフィールにも「ノベルコード　ベース」と加えて、オフィシャルツイッターのURLものせる。事実のままではあるが、格好つけている気がしてどこかムズムズした。

十八時の新宿南口は、たくさんの人が往来していた。随分日が長くなってきていて、この時間でもまだ日が沈む前だった。気候も穏やかで、歩いている人の中にはもう半袖の人もいる。

数時間前、僕らは代々木ノアにメンバー四人とアヤで集まり、機材をピックアップしてきた。路上ライブは、自分たちが持っている機材だけではできない。必要になるスピーカーやポータブル発電機は、蓮が友達から借りてきてくれて、テツが実家の車で運んできてくれた。

南口近くの駐車場に車を停めて、そこからみんなで機材を運んで準備する。甲州街道沿いの歩道は広くて、多少機材を広げたくらいでは通行の邪魔にはならない。ここはよく色んな人が路上ライブをしている場所で、僕も知らないバンドが演奏しているのを見たことがあった。

車道を背にして、僕は小さなベースアンプを設置する。アンプは前のメンバーが倉庫に残していったものらしく、拝借させてもらった。その横にテツはカホンを置いて、その前に小口径のシンバルをセッティングした。

蓮は発電機を運んできて、慣れたようにリコイルスターターの紐《ひも》を勢い良く引いた。発電機は小さなバイクのエンジンをかけたように、低い駆動音を辺りに響かせる。その音が結構大きくて、急に何か悪いことをしているような気持ちになった。

僕はベースアンプと発電機を繋いで、電源をつけた。シールドをさして音を鳴らす。自分が弾いたベースの音がアンプから鳴って、またちょっとドキドキする。路上で知らない人の前で楽器を弾くというのは、技術以前に勇気がいるのだと、今さらになってわかった。「久しぶりだから、ちょっと緊張するなぁ」とハルが言ってくれて、一人で勝手に救われたような気持ちになる。アコギと歌はスピーカーから音を出すので、ハルと蓮は間にかませたミキサーで音の調節をしていた。

機材を並べて、バンド名を書いた看板を立てた時には、すでに二十人くらいのファンの女の子が集まっていた。遠くに一人で立っている子もいれば、かなり機材に近い場所で立っている二人組もいる。「蓮くん、見にきました」と声をかける子に、「ありがと」と蓮は軽く返した。準備中だからか、それ以上は話しかけてこないようだった。

アヤが折りたたみテーブルの上にCDを並べ始めると、みんなはそちらに並んで順番に買っていた。ジャケットはこの前撮ったノベルコードのアー写だ。ファンの子が早くから来ていたのは、これを買いたかったからのようだった。友達の分なのか、一人で十枚買う子もいた。蓮はこうして人を集めるためにも、レコーディングしたのだろう。

「もうできそう?」

と蓮が尋ね、僕らは頷いた。

「じゃあ、音の確認がてら一曲やろう。〝Walking〟から」

「うぃ。チェックやりまーす。ワン・ツー・スリー・フォー」

テツがカウントして、曲が始まる。前奏の間に、蓮は少し離れて音を聴く。すかさずミキサーをいじったり、僕に音量を上げてと指示をしたりする。こんなにボリュームを上げていいのかと内心不安になる。

路上で出す音としてはかなり大きい。だけど、歌が始まったらその心配は消えた。歌のほうが、ずっと大きいからだ。それでも、蓮の歌声は耳が痛くなるような不快なものではなかった。無理やり増幅させたものではなく、自然な声量による迫力があるからだ。

ワンコーラス演奏し終えたところで、蓮は顔の上に両手で丸を作った。音のバランスが整ったということだ。

蓮は僕らのほうを向いて、メンバーそれぞれに「いける？」と確認する。ハルとテツが、手でO.K.サインを作った。僕も真似をしてO.K.サインを蓮に向ける。一つ一つの仕草が、すでに集まっているファンに見られているようで、照れ臭い気持ちになった。

一息ついて、蓮は歩道側に振り返る。その瞬間から、もう彼はさっきまでと違う顔をしていた。まるで、〝ノベルコードのボーカル〟になるための薄い仮面を装着したみたいだった。

「みんな来てくれてありがとう。今から曲をやっていきます。たまたま通ったみなさんも、良かったらバンド名だけでも覚えていってください」

蓮はもう一度、僕ら一人一人と目を合わせて順番に頷く。

「ノベルコード、始めます！」

蓮が叫んで、テツのカウントから一曲目が始まった。

蓮の圧倒的歌声が、甲州街道を越えて向こうの歩道までも響く。僕は蓮の歌に背中を押されるように、ベースを弾く。テツとハルは、演奏しながら目が合うと笑いかけてくれる。楽しい。

セットリストは、先に打ち合わせをして決めていた。たとえ路上でも、ダラダラしたライブをしないのが蓮の主義らしい。決められた五曲にMCを挟みながらライブを進行していく。

最初は二十人くらいだったファンは、今では倍くらいに増えて、僕らの周りを囲んでいた。

二曲目になると、もうみんなは片手にスマホを持って、動画を撮りながらライブを見ていた。動画を撮ってもらうのは、蓮の狙いどおりだった。

道行く人たちも、次第に足を止め始めた。これだけの人が、自分たちを囲んでいるのだ。知らなくても、誰か有名な人がいるのかと興味を惹かれるのだろう。そして聴いてみると、とにかく歌がいいのだから、足を止めざるを得ない。

目の端で、アヤがCDを売っているのが見えた。この前レコーディングした二曲入り五百円のCDが、どんどん売れているみたいだ。

今や通りかかった人まで、動画を撮り始めている。

「じゃあ、ここで二曲だけカバー曲をさせてもらいます。みんなも知ってる曲だと思うから、楽しんでいってね」

練習してきたヒゲダンとあいみょんの曲をカバーする。さっきよりも足を止める人が増えた。僕らの周りはファンでできた人の層の外側に、さらにもう一つの層ができ始めていた。みんなが知っている曲を演奏するというのは、知らない人の興味を惹かせる強みがある。

そして最後に、新曲を演奏する。周りのファンはやっぱりそれが一番嬉しかったようで、大きな拍手をしてくれた。

ほとんどの子が蓮のことを見つめている。目がハートになる、という表情の見本のような顔がいくつも並んでいた。中には僕のことをじっと見つめてくれるファンの子もいた。僕が見つめ返しても、目を逸らさない。なんだか恥ずかしくなって、こちらから目を逸らしてしまう。蓮みたいに、格好良くは振る舞えない。

リアルの世界でこんなに人から注目されるのは初めてだった。悪い気はしない。というか、とても気持ちいい。


三十分ほどのライブを終えて、僕らは手際良く機材を撤収した。

テツが運転する車の中で、機材を返しに行く道中にＳＮＳチェックが始まる。

「めっちゃ動画あがってる。ってかすげぇリツイートされてるし」

来ていたファンの誰かがあげた動画だろう。演奏している姿が、なんの編集もされずに流されている。「ノベルコード」という言葉で検索すると、たくさんの人がその動画を中心に話題にしていた。

自分が演奏している姿を客観的に見るのは初めてだった。こうして見ると、もっと楽しそうに演奏すれば良かったと思う。緊張しているのか、表情が強張っているのが小さな画面でもわかった。

そんな反省点を思いながら、僕はさらに検索する。歌うますぎ。見にいきたかった。何このバンド、路上してる場合じゃない。そんなポジティブな言葉がズラリと並んでいた。

「いい感じだな」

蓮にとっても想像を超える結果だったようだ。

「アヤちゃん、CDは何枚売れた?」

「まだ正確には数えられてないんだけど、だいたい二百枚くらい!」

「え、一日で?」

本当にすぐに売り切れてしまいそうだった。

「なぁ、急だけど、路上ライブ明日と明後日もやろうぜ。場所を変えてさ。池袋にもいい場所があったし」

「え、明日? 俺バイトあるんだけど」

運転席からテツが言う。

「夜だけだし、なんとかなるだろ? 湊は?」

「古着屋あるけど……多分言ったら休めると思う」

榊原さんの、まぁいいよ、と言ってくれる顔が想像できる。

「じゃあ決定。この二日でCDも売り切って話題にしよう。その後は……近々新しい発表できたらいいよな」

「え、何かあるの？」

「んー、まだ思いつきなんだけどさ、夏に東名阪《とうめいはん》でライブツアーしねぇ？　なんか、ツアーって楽しそうだなって思うんだよなぁ」


ポケットに入っているスマホが振動しても、外にいたら気づかないことが多い。だけど今回は偶然気づいてしまった。見てしまったらもう、無視はしづらい。

スマホの画面に表示される、緑の丸と赤の丸。「ＹＥＳ」か「ＮＯ」かの選択肢を提示され、瞬時にどちらかの答えを出すよう迫られる。苦手だ。

「……もしもし」

「またバンド始めたって？」

いつも本題から入る、母の話し方だ。僕のインスタグラムを見ているから、それで知ったのだろう。

「うん。才能ある友達に誘われたんだ。インスタのおかげで」

「へぇ、すごいね。そのバンドは、プロになってCD出すの？」

「……そうなればいいと思ってるよ」

「暮らしていけてるの？」

母は僕の話を、ほとんど聞かない。いつもそうで、会話のキャッチボールが上手くいかない。特にこんな耳元から声が聞こえるだけの状況では、表情が見えないから余計に意図がわかりにくい。

「大丈夫だよ」

「そんなこと言って。また前みたいに……」

そこまで言いかけて、母は言葉を切った。

「僕はもう、大丈夫だよ。ありがとう」

心配される。その優しさが、嫌だった。どうせなら父のように、僕に無関心でいてくれたら良かったのに。

母は僕に甘かった。ひとりっ子で、お金もなまじあったからか、僕が欲しいものは大抵買ってくれた。夫の両親が建てた家に住み、専業主婦。お金の感覚も鈍かったのかもしれない。

母は僕が進む道を否定することはなかった。だけど「否定しないこと」は、イコール「応援すること」ではなかった。僕がしている仕事を理解しようともしないし、多分、僕が何も考えずに好き勝手に生きていると思っている。

「湊が元気でやっていけてるならいいけど。また、何か新しいことがあったら教えてね」

電話が終わってから、僕は立ち止まったままスマホを眺める。心を落ち着かせるように、ＳＮＳで履歴から検索する。バンド名、自分の名前。

母が思っているよりも、ずっと早く時代は動いている。僕らの親世代には一生わからないことだろう。彼らは置いていかれてもいいと思っているからだ。変化についていけなくても許されると思っている。ある意味、逃げ切った世代なのだ。

だけど、僕らは違う。瞬きの間に、世界は変わっていく。それに合わせていけないと振り落とされてしまう。そして僕は今、その時代の流れに乗っている。

金土日の三日。たった三日なのに、ノベルコードのライブを観にくる人は日に日に増えていった。たくさんの人に撮られた僕らのライブ映像は、一気にＳＮＳで拡散された。ＹｏｕＴｕｂｅにもアップされ、そこでも急激に再生回数が増えていく。ノベルコードのツイッターのフォロワー数は毎日増えていった。そして、僕のインスタグラムのアカウントも。

いわゆる、バズったというやつだった。

多分、ノベルコードの情報量の少なさが功を奏したのだと思う。現代の人は検索すれば、簡単に情報を得られることに慣れている。そんな時代に、僕らはまだオフィシャルサイトも、オフィシャルＭＶもない。だから、みんな自分で情報を探そうとする。すると、一般の人がアップしたライブ映像をいくつも観ることになる。その歌を聴いて、ますますこの人たちは誰だろうとなる。

カットされ磨き上げられた宝石が並ぶ店に、採れたての砂までついた原石が置かれているようなものだ。よくわからないから、目を引く。これがどんな宝石になっていくのか、知りたくなる。

へぇ、ベースの人、インスタでも有名なんだ。

たくさんの人がノベルコードや僕のことを話題にしているのを見ながら、息を整える。大丈夫、僕は今、誰かに必要とされている。


榊原さんはレジの横で、新しく入荷した商品にタグをつけていた。ちょうど僕が接客した客が帰ると、店内は二人になった。

「バンド、いい感じらしいな」

榊原さんは、タグをつけたシャツをハンガーにかけながら言った。

「え、なんで知ってるんですか?」

「昨日な、高校生くらいの女の子が来てたぞ」

「女の子?」

「ノベルコードの湊さんここで働いてますか、って。すげえな。ファンだぞ。考えられねぇ」

僕は驚いた。確かにインスタグラムを遡れば、僕がこの店で働いていることなんてすぐにわかるだろう。だけど、これまで若い女の子がわざわざ会いに来たことなどなかった。

「なんて言ったんですか?」

「働いてるよって言っといた。嘘《うそ》つくのもおかしいしな。湊もそろそろ、ここでバイトしてられなくなるかもな」

少ない表情から、榊原さんの気持ちを読み取るのは難しい。だけどその言葉は少し寂しそうに、同時に誇らしそうに響いた。ファンの人が増えると、実際ここで働くのは難しくなってくるだろう。自分の居場所が一つ減ってしまうような気がして、なんだか急に寂しい気持ちになった。

この場所。この古着屋で、僕は榊原さんから自信を持って生きていく力をもらったから。

「でも昨日来てた子、ちゃんと服買ってったんだよ。いい宣伝になるよ。これからもよろしくな」

「……良かったです」

榊原さんは、本当は僕をもっと利用して、店の宣伝をすることもできるはずだ。でも、そんなことはしない。そんなことをするのは、格好悪いと思っているから。

世の中には、成功するために平気で格好悪くなれる人と、それを恥ずかしいことだと思える人がいる。榊原さんは後者だから、僕は尊敬できて一緒にいられるのだと思う。

一方で、例えば蓮の彼女は、簡単に格好悪くなれるタイプだ。彼女のツイッターには自撮りの他に、仕事で一緒になったモデルや芸能人との写真ばかりがあげられている。他の人を使って、自分の価値を高めようとしているのがよくわかる。最近では「バズるってこういうことを言うのかなぁ」と、匂わせツイートまでしていた。いつかノベルコードが有名になった時、自分から週刊誌に売ったりしそうで、正直怖い。

「バンド、いつメジャーデビューするんだよ」

榊原さんが尋ねる。

「まだ予定はないですよ。メジャーデビューするまでは働かせてくださいよ」

「それは助かるよ。週末、意外とお客さん多いからな」

バイトくらい募集すればいくらでもいるはずだ。なのに、僕を大切だと思ってくれているのが嬉しかった。


僕は家に帰って、昨日まとめて撮った服をインスタグラムに一つあげた。ライブの三日間の間に着ていた服をもう一度着て、マンションの下で撮ったのだ。

写真の上とキャプションには、服のブランドのタグと、バンド名も付けて投稿する。僕が投稿するたびに少なくとも五万人のフォロワーが、ノベルコードというバンド名をファッションと合わせて目にすることになる。バンドの宣伝にも、確実になる。

ツイッターやインスタグラムには、今までとは違う形のリアクションがいくつも来ていた。ファッションが好きな人と、バンドが好きな人は違う。「湊くんかっこいいです」「この組み合わせ似合ってます」といったコメントが増えて、僕の着ている服の情報ではなく、僕自身を見られているみたいで、変な気分だった。

リアクションが増えるにつれて、自分のことをＳＮＳで検索するのが癖になった。検索するたびに新しい投稿を見つけてしまうからだ。

もともと、知らない間に「メンズファッション、インスタグラマーのまとめ」というサイトやブログにまとめられていたこともあった。だけど今の状況は、そんな頃よりも情報の流れがもっと早い。だから、何度も検索してしまう。自分の知らないところで自分の話をされていて、気にならないはずがなかった。今の時代にテレビに出ている芸能人などは、その感覚が麻痺《まひ》した人たちばかりなのだろうか？

結果、スマホを見ている時間は長くなる。僕は強く目を瞑《つぶ》ってから、何かを振り払うようにスマホをベッドに置いてベースを持った。

僕が楽器を弾くのが好きなのは、無心になれるからかもしれない。弾けないフレーズがあれば、それを正確に弾けるようになるまで、何も考えず練習する。楽器が上手くなる方法は反復練習しかない。人間という生き物が何かの上達を望むなら、どれだけそれを反復するかだ。自分がやっていることに間違いはない。そう思えるから、楽器が好きだった。

ベッドの上のスマホが振動を始めた。この時間は茉由からの電話だろうと思って画面を見ると、やはりそうだった。

「湊、今家？」

「家だよ。仕事終わったの？」

「さっき終わって帰ってきたところ」

保育園は残業があるようで、茉由は結構遅くまで働いていることが多い。電話越しに部屋のカーテンを閉める音がしたので、多分自分の部屋にいるのだろう。国分寺にある彼女の実家に、僕はまだ行ったことがなかった。一軒家で、二階に自分の部屋があると聞いていた。

「仕事、今日も楽しかった？」

「今日は疲れた。書類の仕事も多かったし。民間と違って公務員だから、色々やることがあるの」

茉由は保育士という、自分の仕事に誇りを持っているみたいだった。実際、僕も立派な仕事だと思う。

「今日榊原さんから聞いたんだけどさ、昨日ファンの子がお店に来たんだって」

「え、湊に会いに来たってこと？」

「そうみたい」

「すごい。もう、芸能人みたい。私気をつけなくちゃ、ファンの人に刺されたりするのかな」

彼女の話し方は舌足らずなところがあって、耳元で聞くと、会っている時より幼い印象がある。

「ベーシストだから大丈夫だよ」

「そうかな。じゃあ湊がボーカルじゃなくて良かった」

空気が漏れたような茉由の笑い声が聞こえた。

「蓮くんの歌、映像で見てもすごいもんね。ますます生で聴きたかったな」

この前の金曜日は仕事、そして週末は友達の結婚式の予定があったらしく、茉由は来ることができなかった。なんでこのタイミングで、と不満そうにしていたが、突然決まったライブだったので仕方がない。

「メンバーの彼女だから贔屓《ひいき》目かもしれないけど、バズるのもわかるなぁ。みんな見た目もかっこいいし」

「中は色々大変だけどね。性格もバラバラだし」

「そうなの？　テツくんいい人そう。ハルくんは社交的そう」

「そのとおり。見た目でよくわかるね。でも、実はテツも社交的なんだよ」

茉由にメンバー二人の印象を語る。ハルは場を盛り上げようとするというより、多分天然で明るい性格だ。ギターの腕は超一流で、他のミュージシャンから欲しがられるほど。堂々とギターソロを弾く割に、意外と臆病なところがある。

テツは、とにかく真面目だ。プライドの高いところがあって、蓮の思いつきで行動するところに苛立つこともあるけど、根本的には尊敬しているんだと思う。お酒を飲むと饒舌になってくれる。

ふんふん、と興味深そうに茉由は聞いてくれた。

「湊、楽しそうね」

そう言われて、自分の頬が上がっていたことに気がつく。なんとなく恥ずかしくなって、僕は一人で頭を掻く。

「楽しいよ」

それだけじゃ物足りない気がして、僕は言葉を付け足す。

「……でも楽しいだけじゃダメだから、毎日ベースの練習しなきゃ。今もしてたんだけど」

付け足した言葉は上手く電波に乗らず、まるで部屋の隅に転がっているみたいに感じた。

それから少し話して、茉由との電話は終わった。切った時に画面を見ると通知が来ていた。ノベルコードのグループラインだ。開くと、蓮からのメッセージだった。

［やっぱり、前言ってた東名阪のツアーは中止。一個でかいところから話がきた。なんと、あのオーケーロッカーズのオープニングアクトの話！ ボーカルが動画見て、気に入ってくれたって！今度そこの社長がライブ観たいらしいから、とりあえず東京のライブハウスでライブする」

僕はやっぱり、急激な変化の中にいるんだと思った。

目を閉じると、この前の路上ライブの景色が、うっすらとまぶたの裏に広がった。新宿駅前で、たくさんの人に囲まれている景色。ノベルコードの音楽が、自然と頭の中で再生された。

# ♯2 夏に鳴る音
(includes 夏の裏側の世界)

僕は懸命に自転車を漕《こ》いでいた。

照りつける太陽。半袖のTシャツの、露出した腕からジリジリと陽に焼ける音が聞こえてくるようだった。自転車の前カゴに入れた牛乳が重い。坂を登る時に、置いていったら楽になると何度も思ったが、そんなことをすれば美里さんに怒られる。

週に一度の買い出し。隣の町まで自転車で片道三十分。夏になるときつい。

今日もなんとか帰ってこられた。最後の坂道は急なので、僕は自転車から降りて家まで押して登る。自転車から降りると急に汗が吹き出した。汗でTシャツが背中に張り付いて、通り雨に降られたみたいになっている。

家の軒先に自転車を停めて、重い買い物袋をさげて玄関に向かう。

「おかえり。お疲れ様」

音で気づいたのだろう。美里さんは扉を開けてくれた。

「ありがとうございます」

「ちょっと話があるんだけど」

買い物袋を僕から受け取って、美里さんは言った。

「先にシャワー浴びてきていいですか？」

「ああ、そうだね。じゃあ冷たい甘酒入れとこうか」

「お願いします」

家に入っても、湿気が体にまとわりついてくるようだった。ここは山に囲まれた盆地になっている。山からの水蒸気が流れ込み、湿気がたまりやすい。梅雨の時期はもっと酷く、湿気に溺れると思ったのは初めてだった。特に今年の梅雨は、例年に比べて異様に長かった。毎日空が暗いと気持ちも滅入ってしまう。明けない梅雨に、美里さんも嘆いていた。

タオルで体を拭くのも今さらな気がして、僕は脱衣所で服を脱ぎ捨てて浴室に駆け込む。蛇口をひねって、ぬるい水を頭から浴びた。これが、気持ちいい。汗と一緒に、何もかもが流れていってくれそうだった。

「お疲れのところ悪いけど、午後からは田んぼの草取りしようね」

脱衣所から美里さんの声がした。田んぼは家から自転車で五分ほどの場所にある。

「えぇ。昨日も一昨日も、その前もしましたけど」

「毎日するの。わかってるでしょ」

わかってる。毎日しなければいけない。草のあの異常な生命力を知ると、その必要性がわかる。

たった一日で、田んぼの雑草は一気に伸びるのだ。昨日は長靴を履いて、ぬかるむ田んぼの中、手押しの除草機を使って草を刈った。だけどそれだけでは水稲《すいとう》の際に生える草は取れないらしく、あとは丁寧に手で抜き取っていかなければならない。日差しは暑いし腰は痛いし、不快な羽音を立ててアブが何匹も飛んでくる。「こんな手間をかけるくらいなら、もう米なんて買ってくればいいのに」と言うと「買ってきたそれも、誰かが作ったものなんだよ」と言う。そのとおりなんだけど、どうして自分がその役割を担わなければいけないのか、という不満はやはりある。

——何も、考えなくていいよ。体だけ動かして。そしたらいずれ、わかるから

以前、彼女は僕にそう言った。ここで暮らすようになって三ヶ月以上経ったが、そのいずれは、まだ来ない。

ただ、美里さんとはもう、気を遣わずに話せるようになっていた。もちろん立場は基本的に彼女のほうが上だ。僕は何から何まで、教えてもらってばかりだから。

「もう今日は疲れたよー」と言う僕の言葉を無視して、美里さんの足音が遠ざかるのが聞こえた。

僕はシャワーを浴びた後、バスタオルで体を拭いて、洗面所に置いていた部屋着に着替えた。

ダイニングのほうから、音楽が流れているのが聞こえる。美里さんはよく、この曲を聴いている。

ディランの歌だ。

——〝Blowin' in the Wind〟。

僕も好きな曲だけど、僕が好きであることを、美里さんに話したことはなかった。

ダイニングに入ると、いつも美里さんが座っている椅子に、知らない男の人が座っていた。僕はびっくりして「うっ」と変な声が出た。

「こんにちは」

四十代前半くらいの男性は、優しい微笑みを浮かべてそう言った。一見細身に見えるが、Tシャツから伸びた腕は太くてたくましい。挨拶されたので「こんにちは」と僕も返す。

多分美里さんの友達だろうと思う。美里さんはたまに、近所の人を呼んで一緒にご飯を食べることがある。春の間に、近所に暮らす人は一通り美里さんから紹介されていたが、彼のことは初めて見た。それに、この辺りの人は大体お年寄りばかりなので、彼くらいの年齢は珍しい。

次に出す言葉を考えていると、美里さんが戻ってきた。

「お、出てきたか。牧田《まきた》さんだよ」

よくわからないが、とりあえず「どうも」と言って頭を下げた。

「ほら、前から言ってた、空師《そらし》の」

「ああ」

珍しい名前の職業で思い出した。以前、美里さんが話していた移住者の方だ。

去年東京から移住してきて、奥さんと息子さんと一緒に暮らしていると聞いていた。空師は、高い木に登って木を伐採する仕事だ。普段は東京で、重機などが入れない場所にある木の伐採をしているらしい。東京にも家があって、彼は二拠点生活をしているという。

美里さんはキッチンで冷えた甘酒を三つコップに入れて、テーブルの上に持ってきた。僕は自然とそこに座ることになった。

「さっき、うちの庭の桜の木の枝を切ってもらってたんだよ。結構伸びて危なくなってたから」

「そうだったんですか。ありがとうございます」

「いえいえ、美里ちゃんには移住の時にお世話になったから」

牧田さんは落ち着いた低い声で言った。それから甘酒を飲んで、美味しい、と呟く。美里さんから作り方を教わって、僕が作ったものだった。おかゆに米麹《こうじ》を混ぜて、夏の常温で一日放置する。そこにイースト菌を入れて発酵を促すと完成する。すっきりしていて美味しい。

「従姉弟《いとこ》、って似ないものなんだね」

「そうなの。まさか、一緒に暮らすことになるなんてね」

牧田さんの言葉に、美里さんは僕の目を見ながらそう言った。僕は曖昧な表情で頷く。美里さんは僕のことを、田舎暮らしに憧れを抱いた従姉弟だと、近所の人に説明していた。四つ歳下の従姉弟。そのほうが、説明が省けるからと。

僕も深く尋ねられたくなかったので、それで通していた。

「空師……って、面白い名前だよね」

美里さんが話題を変えるようにそう言った。

「そうだよね。当時は、空に一番近い仕事だったんだろうね」

牧田さんはにこりと笑って言った。

「いつからやってるんですか？」

僕は自分で作った甘酒を飲みながら尋ねた。失った水分と塩分が、体に染み込んでいくようだった。

「もともと僕の父が林業をしてたから、今の仕事と似たようなことはしてたんだ。東京に出て、人に頼まれて色々してたら、それが職業になってたんだよ」

と、話を聞いても、あまり仕事の景色が浮かんでこない。

「東京と往復して仕事してたんだけどね。でも、しばらく仕事がなくなっちゃったからさ。美里ちゃんに頼まれてちょうど良かったよ。体動かすと、気分がいいね」

「真紀《まき》ちゃんとサトルは元気にしてる？」

牧田さんの奥さんと、一人息子の名前だ。サトルは確か、中学生だと言っていた。

「真紀は元気だよ。でもサトルは、なかなか難しいね。今はどうせ夏休みで暇そうだし。そうだ、前頼んでたこと、どうかな？」

「あ、そうそう、その話なんだけど」

そう言って、美里さんは僕のほうを見た。

「あのさ、お願いがあるんだけどね……」

僕は、美里さんのお願いを聞きながら、ずっと前にも同じようなことを言われたような気がした。

ライブハウスに音が鳴り響く。ステージの上、ノベルコードはバンド編成でライブリハーサルを行っていた。本番と同じ順番で、曲を当たっていく。

僕がノベルコードに入ってから、バンド編成でライブをするのはこれが初めてだった。ハルとテツは、明らかにどこか生き生きして見える。やっぱりハルはエレキギターが、テツはドラムセットが似合う。マイクに拾われてスピーカーから増幅されて出る音は、鼓膜を揺らすだけじゃなく、体でビリビリと感じるほどの音量だ。

蓮はいつもどおりの抜けのいい声で歌っている。喉は絶好調のようだった。だけど、リハーサルからまるで本番のような熱のあるパフォーマンスをしている姿は、僕を少し意外な気持ちにさせた。普段はこんな風にリハーサルで本気を出すタイプではない。

「なんか、ベースの音いいな」

何曲か演奏した後、蓮が言った。

「そう、オーバードライブ。蓮の声って上にすごい伸びるから、相性いいんじゃないかなって思ったんだよね」

今日のライブのために買ったのだ。尖った音にしたり、使い方によっては馴染ませたりすることもできる。

ライブハウス新宿MARSは、歌舞伎町の二丁目の地下にあるライブハウスで、二層構造になったフロアのキャパは最大で三百人だ。そこそこ大きなライブハウスである。

これは実質、ノベルコードのワンマンライブだった。もちろんチケットはすぐに完売。もっと大きな会場でもできたが、なかなか会場のスケジュールが空いていなかった。ここは以前にも何度かノベルコードがライブをしていた、関係の深いライブハウスらしい。

蓮はもともとワンマンをやることを嫌がっていた。今のファンにただライブを見せるだけでは、消費されるだけで効果はないと。

だけど蓮が想像していたよりも、状況は早く進んだ。路上ライブの映像がバズったことが大きかった。すでに多くの関係者から声がかかっていたし、具体的な話をしたがる人も出てきていた。だからその状況を逆手に取って、彼はワンマンをすることを決心し、さらに今日のライブにおかしなタイトルをつけた。本気で、ふざけたタイトルだった。

【最強バンドの取り合い！　業界関係者が全員集合するライブ！】

最初に見た時は、開いた口が塞がらなかった。馬鹿だと思った。一部の人からは反感を買う可能性もある。

「バンドには話題がいるんだよ。わかりやすく、楽しめるやつが。絶対大丈夫」

蓮は不安そうな僕らをそう説得した。確かにファンからすれば、今何かが起こり始めていることを十分に感じることができるタイトルかもしれない。

タイトルのとおり、このタイミングでノベルコードのワンマンをチェックしておきたい業界の人は、山ほどいるだろう。事務所やレーベルの新人発掘担当、ライブ制作会社、音楽雑誌のライターなど。

実際に色んな人が来るらしいが、こちら的にはすでに誰に向けてのライブかというのは決まっていた。今日は、オーケーロッカーズが所属する、S-Recordsというレコード会社の社長が観に来る。それも、関係者を十人くらい引き連れて。

「よし、じゃあ最後に一曲目をやるか」

全曲当たった後は、一曲目を入場からチェックする。蓮が作ったSEで入場して、本番どおりテツのカウントで曲に入る。前奏を少し演奏して、それでリハーサルは終わった。


本番まで、僕ら四人は楽屋で待機していた。多くのライブハウスは、楽屋から出入り口に行くにはフロアを通らないといけないため、お客さんが入ってしまうと外に出ることはできなくなる。ここもそうで、開演まで楽屋に閉じ込められる形になった。

楽屋に戻ってからの蓮の様子は、まだどこかいつもと違うようで、緊張感が漂っていた。

「なぁ、ちょっとみんなで動きのリハーサルしたいんだけどいいかな？」

蓮の言葉に、ハルが首を傾げる。

「動きのリハーサル？」

「そう、あっちの鏡側をステージとするだろ？」

僕とハルは顔を見合わせてから、楽器を持って蓮の左右に立った。

「三曲目の〝Funny〟の時のギターソロで、俺が前に行くだろ？　その時に湊は上手《かみて》に移動して、ハルと背中合わせで弾いてほしいんだ」

「えっと……こういうこと？」

少し照れながら、僕はハルと背中合わせになってみる。ハルは僕に寄りかかって、ギターソロを弾く。

「そうそう、それがいい。あと〝Walking〟の一番サビの後、間奏は全員で首を振ろう。こういう感じ。テツもできたら」

蓮はフレーズを歌いながら、リズムに合わせて首を縦に振る。

「できそう？」

「うん」

返事はするが、慣れない動きで恥ずかしい。まるでダンスの振り付けをされているような感覚があって照れてしまう。ハルが楽しそうにやってくれているから、僕もなんとかそれに合わせてやることができた。

他にも何曲か、蓮は細かい動きまで注文する。それだけ、今日のライブをいいものにしたいという思いが伝わってきた。

今回のライブの構成は短めだ。あまり今の段階で多くを詰め込むのは良くないという判断を、みんなでした。なのでチケット代は二千円で、演奏する曲も十曲だけだ。時間にすると、一時間程度の本番にする。

春の頃よりも、メンバーの意見はまとまりやすくなっていた。それは、僕がこのバンドに馴染んできていることと、具体的な結果が現れ始めていることが理由かもしれない。


楽屋の時計は、本番まであと五分を切っていた。

「すみません、内線の調子が悪くて、この時計で時間がちょうどになったら照明を暗転させてSE流しますねー。よろしくお願いします」

楽屋に来たライブハウスのスタッフが、自分の腕時計と楽屋の時計を見比べながら告げて、去っていった。大抵のライブハウスは舞台袖とPA卓が内線で繋がっていて、ステージに上がるタイミングの確認を取り合う。だけど今日はそれ無しで、時間がぴったりになったら本番が始まるということだ。

「やばっ。めっちゃお客さんいる」

ステージの袖から客席を覗いていたハルが、大きく目を見開いて戻ってきた。

「当たり前だろソールドアウトなんだから」

鏡の前に置いた練習用のゴムのパッドを叩きながら、テツが冷静に言う。

蓮はその場でランニングをするように飛び跳ねている。体が温まっているほうが声が出るのだとか。

「湊、緊張してるか？」

テツが心配そうに僕に尋ねた。言われて、自分が固い表情になっていたことに気がつく。

「いや、うん。大丈夫」

「こんなたくさんの人の前で演奏するの初めてだもんな」

ハルが呑気《のんき》に言った。そのとおりだ。ノベルコードはすでにこの規模でのワンマンを経験済みだが、僕はこれが初めてなのだ。

「まぁ、大丈夫だろ。ほら、もう時間だから行くぞ」

テツが言いながら、ステージの袖へと移動する。

照明が暗転した瞬間、客席から歓声が聞こえた。蓮が作ってきたSEが流れる。アンビエントな空間系の音から、鋭く入る激しいギターの音とリズムが気持ちを掻き立てる。リズムパターンが変わるタイミングで、テツが最初にステージに上がり、その後に僕が続いた。満員のフロアから黄色い声援が響き、今自分がすごい状況に立っていることを自覚する。ファンの層はほとんどが若い女性だが、それに混じって手を掲げる男性もいた。

蓮がステージに上がると、歓声はさらに大きくなった。

「ワン・ツー・スリー・フォー！」

ＳＥの終わりに、テツが叫ぶようにカウントをする。僕は集中して一音目を鳴らした。

「ノベルコード、始めます！」

前奏の中で、蓮が叫ぶ。

音の中で照明を浴びる蓮からは、オーラがほとばしっていた。歌いだした表情、歌声、楽器を持たないボーカルだからこそできる、客を煽《あお》る動き。横から見ていても、文句のつけようのないカリスマ性だ。

僕自身が、蓮に高められていく。ライブ用の衣装、スポットライト、音響。そんなものよりも、蓮のそばでベースを弾くことが、僕を格好良くしてくれる気がした。

本番前に感じていた恥ずかしさから、解き放たれたようだった。テツと目を合わせて演奏する。ハルと背中合わせで演奏する。

客の視線の全てが自分たちに注がれている。

音の洪水の中で、僕は違う誰かになりきったように演奏した。曲が進むごとに、会場の温度が上がっていくことがわかる。

「一曲だけ、バラードやります」

〝Love and story〟というタイトルの曲は、この前アコースティックでやっていた新しい曲だ。バンドサウンドならではの分厚い音で演奏すると、一気に壮大な曲に変わった。力強い歌声をここまで聴かせてきて、急に弱い部分を見せる歌。そのギャップに、ファンは蓮に釘づけになる。蓮は自分がどう見られているのかまで、よくわかっている。

客席を見ると、後方に腕を組んで品定めをするように僕らを見ている人たちがいた。多分、業界関係者だろう。並んだ鋭い目つきに、僕は少し怯《ひる》みそうになる。

だけど、怖くない。蓮がいるのだ。

僕は目を閉じて、蓮の歌が心地良く響くよう、音の世界に入り込んで演奏した。

「……どうだったんだろうね」

「どうだったんだろう」

僕の言葉に、ハルが返事をした。

最高のライブだった。ファンはみんな盛り上がっていたし、演奏も大きなミスをしなかった。だけど、業界の人にライブの評価を面と向かって聞くのは、これが初めての機会だ。不安にもなる。

「大丈夫に決まってるだろ。ほら、あれじゃね？」

蓮が指差した先に、控えめな店の看板が立っていた。

西新宿にある、落ち着いた料亭のような店だった。普段目に留まらないだけで、この街にはこうした知る人ぞ知る店がたくさんあるのだろう。ここで、さっきのライブを見ていたS-Recordsの社長が待ってくれているらしい。

中に入って名前を言うと、着物を着た女性の店員に奥へと案内された。

「お連れ様が来られました」

店員が引き戸を開ける。

間接照明がきいた瀟洒《しょうしゃ》な個室の、奥に五十代くらいの体の大きな男、手前に三十代くらいの細身の男が座っていた。年上のほうが、S-Recordsの社長だとわかった。

「お疲れ様。わざわざ来てもらってごめんな」

二人は自然と立ち上がった。ちゃんと立って迎えてくれるのが、なんだか好印象だった。

「とりあえずこっちに座って。本当はライブハウスで挨拶したかったんだけどさ、君らのライブだからあまり邪魔したくないと思って。まず、自己紹介しよう」

細身の男のほうが、社長の横へと移動する。恐縮しながら僕らは席に着く。奥から蓮、ハル、僕、テツの順で並んで座った。「すげぇ店」と小さな声でテツが漏らした。

「首藤《しゅどう》です。一応名刺渡しとく」

渡された名刺には、［首藤健一《けんいち》　株式会社S-Records代表取締役社長］と書いてある。なくなった髪の毛が五十代くらいの印象を与えているが、もしかするともっと若いのかもしれない。涙袋のある大きな目はギョロリとしていて、獲物を狙う爬《は》虫《ちゅう》類を思わせる。

「小林《こばやし》です」

もう一人のほうも、メンバー全員に名刺を配る。［小林淳《あつし》　株式会社 S-Records 第二マネジメント室］と書かれていた。細い体に対して頭が大きくて、どことなくレゴブロックのキャラクターを想起させた。

僕らも順番に自己紹介する。向こうはこちらの名前をすでに覚えてくれていた。

「みんなとりあえず飲み物注文して。乾杯しよう」

さっきの着物を着た店員がやってきて、僕らはドリンクだけ注文する。すぐに運ばれてきたドリンクで、六人で乾杯をする。

「いやー、いいライブだったんじゃないか？」

首藤さんは体格の割に、少し高い声で言った。

「ありがとうございます。僕らのことは、ＴＡＫＥさんから聞いたんですよね？」

蓮がすぐに答える。

「いや、実は俺もちょうど路上ライブの動画見てたんだよ。気になる新人いるぞって、この小林に言ってたところだった。で、そのタイミングでＴＡＫＥが気に入ったって言いだしてな。ちょうどタイミングが良かった」

バズるというのは、これほどに大きな影響力があるようだった。

「今日のライブ観てどうでしたか？」

蓮は結論を待ちきれないように尋ねた。

首藤さんは腕を組んで、僕らにライブの感想を言い始めた。歌が素晴らしいし、演奏も上手い。ファンも幸せそうだった。ただの新人バンドとは一線を画すものがある、と。つまり、褒めてくれている。

「はっきり言って今の時代は、俺たちみたいなレコード会社の人間なんていらないんだよ。自分たちでレコーディングできるし、やろうと思えば配信もできる。君らなんてもうお客さんがついてるから、ノウハウさえ知ればやっていける。だから俺たちが君らレベルのバンドを評価するなんて、その時点で間違ってるんだよ。昔はバンドがメジャーデビューさせてもらうみたいなこともあったかもしれないが、ノベルコードは、もうどこからメジャーデビューするか選ぶ側にいると思うんだよね」

すごい褒め言葉だった。「すげぇ」とテツが僕にしか聞こえないくらいの声で言う。

「だから、俺たちはノベルコードに惚《ほ》れてるわけだから、むしろS-Recordsに来てくれるメリットを話さなきゃと思うんだよね」

蓮はあえて話を遮らないようにしているのか、無言で頷いていた。

「すみません、そもそもよくわかってないことがあって……」

そこでハルが言いにくそうに口を開いた。

「レコード会社と事務所って違うんですよね？　S-Records はレコード会社ですか？　その辺がまだよくわかってなくて……」

「そうだな、説明しておこう。事務所っていうのは、アーティストをマネジメントする会社だ。つまりアーティストがどんな活動をするか、根本の部分を考えるところ。一方でレコード会社は音源を出す会社だ。レコーディングして、どうやってそのＣＤや曲を売るかを考えるんだ。さっきも言ったけど、レコード会社って存在はもう古い。それだけしてる会社は、いずれなくなるだろう。昔みたいにＣＤが売れるわけじゃないし、音楽の売り上げだけじゃ社員もやっていけなくなるから。S-Records はもともとレコード会社として始まったけど、ここ数年はマネジメントもしてる。俺たちはＣＤを売るんじゃなくて、アーティストの価値を高める仕事をしたいんだ。だからノベルコードのマネジメントをするし、うちからＣＤも出す」

「両方してる会社ってことですね」

ハルの言葉に、そのとおり、と首藤さんは言う。

「先に現実的な話からしよう。俺たちはノベルコードに所属してほしいと思っている。来年度、つまり四月からだな。そしてそれまで、できれば来月から養成契約をしたい」

「養成契約ってどんな意味があるんですか？」

蓮が落ち着いた声で尋ねる。

「まぁ、会社的に約束みたいなもんだな。来年の四月からって、お互い口約束だけじゃ困ることもあるだろ？　今ある楽曲の権利周りのことも整理する必要がある。あと、してもらえたら給料を振り込める」

「給料？」

「普通は、養成契約の間は月五万。本契約した一年目のアーティストは十五万」

「普通は？」

隣にいるテツが言葉を繰り返した。僕はなぜかどきっとした。

「君らには来年の四月まで月十万払う。そしてそれ以降の一年目は、月二十万で契約させてほしい。結果が出れば、次の年からさらに増やせる。あとは、当たり前だけど楽曲が売れた分は印税などをちゃんと分配もする」

僕は相場をよく知らないので、それがいい条件なのかどうかはわからなかったが、他のアーティストよりも特別扱いをしてくれていることはわかった。

蓮のほうを見ると、納得したように頷いている。

「俺もアーティストの友達から色々聞いてますけど、給料としては悪くない条件だと思います。結果を出せば次の年から増えるということですし。でもそれよりも、今自分たちの音楽を広められるチャンスが欲しいです。曲が売れて、その分配でしっかりやっていけるようになりたいから」

「広められるチャンスな。そうだろうな」

「はい。だからまず、デビューの時に、地上波のドラマのタイアップをつけてくれるならやりますよ」

蓮はいけしゃあしゃあと言ってのけた。失礼なことを言ってるのではないかと僕はびびっていたが、首藤さんは逆に嬉しそうに笑った。

「わかった。いいの持ってくるよ。約束する」

S-Recordsは十年前にできた、レコード会社としては比較的新しい会社だが、オーケーロッカーズを始め、所属しているアーティストは軒並み売れている。少数精鋭というイメージのある会社だった。だから、この人が僕らを売ると決めたら、本当にタイアップだってつくのかもしれない。

「こうしてほしいとかの意見はどんどん言ってほしい。あと、ライブイベントもブッキングする」

「イベントですか?」

「今日のライブを観て安心した。あれくらいのライブができるなら、オーケーロッカーズのオープニングアクト、出してやるよ。俺が正式に許可を出す」

ボーカルのＴＡＫＥが声をかけてくれたというやつだ。

「会場は横浜アリーナだ。もうすでにチケットは完売してる。一万五千人の客が君らのライブを目撃することになる」

「一万五千人……」

テツがつぶやく。

「それから年末に幕張《まくはり》であるカウントダウンジャパンも入れる。メインのアースステージに出れるように、なんとかしよう。なぁ、そうなったら面白いよな？」

首藤さんは横に座っている小林に向かって言う。小林は「絶対に面白いと思います」と合わせるように言った。

「あそこは、確かキャパは四万人だな」

「よ、よんまん……。そんなことが可能なんですか？」

テツが目を見開いて言った。メインステージなんて、何年も頑張り続けたアーティストがやっと立てる場所だ。

「デビューもしてない新人が出るってなると、それだけで話題になる。しかも、ＴＡＫＥの目に留まった新人だ。そのステージの上でメジャーデビューの発表をすれば面白いだろ？　デビューは来年の春にする。今時シングルなんて盤で出しても意味ないから、配信で売る。サブスクでしっかり聴いてもらって、次に繋げよう。そしてそこまでに曲を仕上げて、夏には盤でアルバムだ。タイアップもちゃんと仕込むよ」

首藤さんはニンマリと笑う。話しながら、自分でもワクワクしているようだった。力のある会社だから、そんなことができるのだろう。「いいですね」と蓮も楽しそうに頷いた。

すごい速度で、夢が現実になっていく。昨日は今日になって、明日になる。全部は同じ一日なのに、今僕が立っている今日は昨日と大きく違う気がした。冷静になって考えると、蓮にバンドに誘われたあの日から、まるで特急の列車に乗ってあらゆる駅を飛ばしながら日々が進んでいるようだった。

「えっ、ちょっと待ってください。ノベルコード、メジャーデビューしちゃうんですか?」

ハルが、今やっと気づいた感じで言った。「マジか」とテツも横で小さく呟く。二人のこの雰囲気に、僕はホッとする。「デビューしてからが大変なんだよ」と蓮は僕らに向かってわかったように言った。

「そのとおりだね。バンドは続けていくことが大変だ。だけど、ミュージシャンは夢を見ないといけないと思う。そうじゃないと、人に夢を見せてあげられない。だから、俺はみんなにお金持ちになってほしい」

音楽業界の厳しさばかりを語る人がいる中で、かっこいい理念だと思った。結果を出しているから、こういうことを言えるのだろう。

「だって、イチローが中古の軽自動車に乗ってアパートに住む暮らししかできなかったら嫌だろ?この世の中はな、希少性に対してお金が払われるんだよ。イチローがなんでお金持ちなのかって言うと、イチローは世界に一人しかいないからなんだ。だから、ノベルコードっていうのが他のどのバンドにも似ない、唯一無二の存在になったら、自然とお金は集まってくる」

とても貴重なビジネス理論を聞かせてもらっている気がした。僕はその言葉を、自分個人に当てはめて考えてみた。バンドをしていて、インスタグラマーでもある。なかなか希少性があるのではないだろうか。

「今日の一曲目にやってた曲、〝Walking〟って曲はデビュー曲にしても良さそうだな。大きなステージで演奏しているのが見える曲だ。でもまだ時間はあるから、アルバムに向けて曲作りはしっかりしてほしい。月に五曲は新しい曲を聞きたいな」

「わかりました」

蓮は軽く頷く。結構大変なことだろうけど、きっと蓮はちゃんと作ってくるのだと思う。

「ちなみに本契約したら、もうバイトとかはしないでほしい。そこに時間使うなら、音楽に時間を使ってほしいってことだな。そのための給料でもある。あと、名前を使って金を稼いだら契約上は闇営業になるから気をつけてほしい」

「サポートとか、湊のインスタとかはどうするんですか?」

「それはやっててていいよ。個性になるようなもので、デビュー前からしてるものは許すよ。それまで金取ったら、搾取してるみたいだしな。でもスケジュールとかの管理は必要だ。湊くんのインスタグラムって、他の企業から報酬もらってるんだよな?」

「……えっと、もらってます。ダメでしたか?」

何かいけないことをしているようで、僕は少し言葉に詰まる。

「いいよ。でも極端な話、相手が反社だったりして何か問題に巻き込まれたら、みんなに迷惑がかかるだろ? そういうところにつけ込むやつもいるから。だから、守るためにも会社が間に入らせてほしい。いいか?」

「はい」

「その辺の細かいことは、こいつがやってくれる。所謂《いわゆる》マネージャーってやつだな」

横にいる小林が背筋を伸ばす。

「ノベルコードのマネージャーとしてしっかりやりますので、よろしくお願いします」

自分達にマネージャーがつく。芸能人みたいだ。

「真面目な話はいったんこのくらいにして、飯食おう。ここはなんでも美味いぞ」

首藤さんはさっきの店員を呼んで、オススメの料理を注文していく。普段は絶対食べられない、美味しそうな料理がどんどん運ばれてくる。

食事をしながら、雑談をした。バンドの経緯や、好きな音楽の話。

「みんな彼女いんの?」

と言われ、僕らは普通に話した。ハルが今年別れたばかりだということ。テツの彼女がマネージャーのような役割をしてくれていたこと。蓮がモデルと付き合っていること。

「お前、絶対バレんなよ」と笑いながら首藤さんは蓮に言った。意外とその辺は厳しく縛るつもりはないのだろう。

僕は保育士と付き合っているという話をして、「母性に飢えてるのか?」なんていう在り来たりかつ下品な質問を適当にかわしたりしていた。

さっきトイレに行った時にスマホを見たら、茉由からラインが来ていた。彼女は今日のライブに来てくれていて、感動したらしく、長い感想が送られてきていた。僕は帰りは遅くなると返事しておいた。明日は日曜日なので、茉由は今日、僕の家に泊まりに来ているのだ。


話は盛り上がって、首藤さんとは終電前まで店で話をした。

夢のような話をたくさんしたせいか、高円寺駅から家に向かう途中、足元がふわふわしていた。駅前の商店街は昨日も見た景色のはずなのに、どこか懐かしいもののようにさえ感じた。アルコールの影響もあるのだと思う。

家に着く頃には、夜一時を過ぎていた。茉由はもう寝ているだろうと思って玄関の扉を開けると、引き戸の向こうの部屋の明かりがついていた。

「ただいまー」と言うと、茉由が部屋から引き戸を開けて走ってくる。

「おかえり!」

機嫌が良さそうだった。僕が後から帰ってくる場合で、こんな風に迎えてくれたことはない。茉由は家に置いている、スウェットの上下を着ていた。

「起きてたんだ?」

「うん。寝る前に感想伝えたくて！　ライブめちゃくちゃ良かった。感動した」

僕が靴を脱ぐ前に、茉由は感想を言い始めた。

「どこで見てたの？」

「一階の湊側だよ。何回か目合わなかった？」

「合ったかな」

「ひどーい。気づいてるんだと思ってた」

僕は笑ってごまかしながら、洗面所に行って手を洗う。誰かがタバコを吸っていたわけじゃないのに、自分の服からタバコの匂いがした。

「私、ライブハウスって初めてだったし怖いイメージあったけど、あんな感じなんだね。驚いた」

「悪くないでしょ」

「うん。ライブも良かったし。蓮くんの歌、本当にすごいね」

あの場にいた全員が思っただろう。今日は特に圧倒的だった。路上でもすごかったが、ライブハウスではさらに迫力と説得力が増す。

「僕のベースはどうだったの？」

「えー、かわいかったよ」

「なんだそれ」

部屋に入ると、テレビに一時停止された画面が映っていた。テレビの前にＴＳＵＴＡＹＡの袋が置いてある。テーブルの上には空になったグラスと、中身がわずかに残っているワインのボトルが置いてあった。

「映画借りてきたの?」

「うん。この前オススメしてくれてた是枝《これえだ》監督の映画、Netflixになかったでしょ? だから渋谷のツタヤでDVD借りてきた。今ちょうど最後のシーン」

一時停止の画面に、樹木希林《ききききりん》のアップが映っている。

「いい映画だったでしょ?」

「うん、でも終盤まで、なんか観る方法を間違えちゃって」

「観る方法?」

「画面が変わるたびにナレーションが入ってたの。『風に揺れる木』とか『誰々が笑う』みたいな」

「音声ガイドかな? 視覚障がい者のための」

「そう。なんでか、それ有りの設定のまま観ちゃって」

「え、途中で気づかなかったの?」

「そういう変わった映画かなって思ったの。知らなかったし」

茉由は真剣な顔だった。自分が好きな映画を、ちゃんとした形で観てもらえなかったことに残念な気持ちになった。僕はなんの損もしていないのだけれど。

茉由はリモコンのスイッチを押してテレビとプレイヤーの電源を切り、僕のベッドに座った。僕は家に着いて急に一日の疲れが出てきた気がして、体の重さを感じながらソファに座った。

「ご飯はどうだったの？　社長さんだっけ」

「うん。なんか、夢いっぱいって感じ」

「いい話？」

「来年の春に、ノベルコードをメジャーデビューさせるってさ」

僕は浮かれていると思われないように、できるだけ落ち着いた口調で言った。

「え、ほんとに？」

「ほんと」

「話、早くない？」

「早いよね。やるって決めたらすぐにやる人みたい」

「それもすごいね。社長さん、気に入ってくれたんだね」

「そうみたい。禿《は》げてるけど」

僕の言葉に、茉由は思い切り笑う。

今日一日あったことが濃すぎたからだろうか。新宿に行ってきただけなのに、遠い別世界から帰ってきたような気分だ。

「これからどんな風になっていくのかなー。楽しみだね。夢がある」

茉由は寝転んで、枕と布団の位置を調節した。

「音楽業界って基本的に夢なんてないんだけどね」

「そうなの？　でもそうか。握手しないとCDが売れないんだもんね」

彼女は体をこちら側に向けて、スマホを眺めながら言った。

「そう。でも、社長はアーティストが夢を見れるようにしたいんだって。だから普通より、僕らの給料を上げようとしてくれたりしてる」

「そうなんだ」

そこまで話して思う。茉由は、僕に収入のことを訊いてきたことがない。インスタグラムのことも、普通はハルやテツのように興味津々で訊いてくるものなのに。それに、自分のパートナーが急にバンドをやると言いだした時も、不安を感じたりしなかったのだろうか。

運命共同体……。そんな言葉を思い浮かべながら、ふと僕は自分からお金の話をしてみようと思った。

「来月から、一応少しだけ月給くれるんだって。とりあえず十万だけど」

「え、今の収入にプラスでもらえるってこと？」

茉由は同じ姿勢のまま、スマホからこちらに視線を移した。

「うん」

「へぇー。ますます楽な仕事だねぇ」

言いながら、彼女はスマホを置いて体を天井に向ける。

「楽？」

「そう。だって私なんて、平日は毎日保育園に行って子ども抱いたり肉体労働して、月二十万円くらいなんだよ。それに比べたら……」

楽だよね、と少し間を置いて茉由は言った。

そんなことないよ、というのも変な気がして、僕は黙った。

「……曲って蓮くんが作ってるんだよね？　湊は作らないの？」

「曲なんて、誰にでも作れるもんじゃないよ」

「そういうものなんだ」

茉由は何か言いたげだった。だけど僕はそれをわざわざ聞こうとは思わなかった。嫌な気持ちになるだけな気がした。

「明日、バイトは夕方だっけ？　昼間どっか行く？」

茉由は空気を切り替えるようにそう言った。茉由のほうを見ながら、疲れたから家でゆっくりしたいかな、と僕は答えた。

茉由の向こうの、窓台の上にある浅い缶に目をやった。中に入っている百円玉は、常にオモテ面を向いている。どちらを向いても表。裏表がないということは、とても幸せなことなのかもしれない。

デビューの報告を、すぐに伝えたい人がもう一人いた。

次の日の夕方、僕はバイトのためにレイモンドに向かった。

「おー、お疲れ」

いつもどおり店に入ると、榊原さんが気の抜けた挨拶をする。腕にワッペンが刺繍《ししゅう》されたスタジアム・ジャンパーを着ていた。店内にはティム・ハーディンの曲が流れていて、客は誰もいなかった。目の前の棚にTシャツが乱雑に置いてあったので、僕はすぐに畳む作業を始めた。ずっと古着屋で働いていると、畳まれていない服が目の前にあると気になって仕方がなくなる。僕の仕事は接客の他に、こうして客が広げた服を畳んだり、裏でダンボールの整理をしたり、榊原さんと一緒に服のタグづけをしたりすることだ。ここで働く前までは、知らない人とコミュニケーションを取るのはもっと大変かと思っていたが、慣れればそう難しいことでもなかった。ここに来る客の目的は決まっている。服を見たい、買いたい。目的を知らない人と違って、その目的に沿ってコミュニケーションを取るだけでいいのは楽だった。

「昨日のライブどうだった?」

「盛り上がりましたよ」

僕は順番に服を畳んで置いていく。さっきまで客が多かったのかもしれない。この作業は、接客が続くとできなくなる。

「そのライブ、偉い人が来るって言ってなかったか?」

「来てましたよ」

「なんか言ってた?」

「気に入ってくれました」

「へぇ、いい話はあったか?」

僕は畳んでいる服を置いて、榊原さんの顔を注視した。

「実は、メジャーデビューが決まりました」

榊原さんは眉を上げて目を大きく開いた。彼の表情から、珍しく驚きと喜びが見て取れた。

「まじか! すげー。良かったな!」

榊原さんは拍手をする。パチパチ、と手を叩く音が店内に響いた。僕はありがとうございます、と言った。

「俺も動画見たんだよ。路上でライブしてるやつ。ボーカルの声すげぇな」

「ですよね。すごいんです」

「ベースも、なかなか様になってたな」

「ありがとうございます」

服を畳み終えて、僕はレジのそばに置いてある伝票を確認する。

「……バイト、もう辞めるだろ？」

今度は逆に、僕が表情の変化を注視されているようだった。

「でも、まだデビューするまでどうしよかなって」

「お前さ、プロになるんだろ？　バイトなんてしてる暇あったらもっとやることあるだろ。練習しろ練習」

「……それはそうですけど」

大きなステージに立つには、自分はまだまだ未熟だ。歌がすごいだけのバンドだと言われるのも、悔しい。

「最近、若いやつが何人かここで働きたいって言ってるんだよ。早く辞めてくれないと、次がつかえてるんだからな」

そう言ってくれるのも、優しさだとわかっていた。

「インスタは続けられそうなのか？」

「はい。これからもやります」

「じゃあ、じゃんじゃんやってくれ。早くもっと有名になって、ここの宣伝も頼むよ」

そのぶっきらぼうな言い方が、素敵だと思った。僕にとって、彼は人としての美徳にあふれている。

色んなものを与えてくれた場所。どうせまたすぐ来る。だけど僕は、一つの区切りを、今この場所で迎えているのだと思った。

バイトを終えて家に帰る途中、またポケットの振動に気がついた。画面に表示された「YES」と「NO」。その問いかけに、僕はこの前よりも明るい気持ちで答えることができた。


「昨日ライブどうだった？」

母は僕にそう尋ねた。

「良かったよ。レコード会社の人が来てて、バンドがメジャーデビューすることになったんだ」

「え、すごい。いつ頃？　CDが出るってこと？」

「来年の春。……CDはまだ出ない。サブスクで聴いてもらうから」

「サブスク？」

「今はみんなそれで音楽聴いてるんだよ」

「とにかく、メジャーデビューだけどCDは出ないのね？」

「……そうだけど」

「でも、大きなことなんだよね。お父さんも喜ぶね」

耳から聞こえる声が、少し弾んでいるようだった。

「まさかお父さんも、友達を作るためにやらせたものがこんなことになるなんて思わなかっただろうねぇ」

「どういうこと?」

「ベースよ。お父さん、一人で弾いても楽しくない楽器をやらせようと思ったのよ。あれ、言ってなかったっけ?」

僕は初めて、父が僕にそれをプレゼントした理由を知った。

「湊、高校生の頃不登校になったことがあったじゃない。結局友達がいないとそんな風になっちゃうのよ。今はいい友達と出会えて良かったね」

母の言葉は、痛かった。土足で僕の過去に入ってきて、触れられたくない場所にベタベタと手垢《てあか》をつけられている気分だった。

僕は高校生の頃、学校に行けなくなってしまった。でもそれは、友達がいないとか、そんなことは関係なかった。

僕は誰かに必要とされたかったのだ。そのために人と違う自分になって、特別になりたかった。だけどそれはただの膨らんだ実体のない理想で、勉強ができたり、運動ができたり、みんなの前で上手く話せたりするような、特別何かに秀でた才能が僕にはなかった。さらに、誰かに馬鹿にされることを笑いに変えられるような、器用さもなかった。

だから、僕はズルをしようとした。

学校に行かないことで、自分は特別になれると思ったのだ。そうすることで、誰かが気にしてくれるのではないかと思っていた。

昔あった安いドラマのように、クラスメイトが家まで来て呼び戻してくれることを、どこかで期待していたのかもしれない。だけど、そんなに都合良くいかない。誰も僕に手を差し伸べてくれる人はいなかった。

多分、みんなにもバレていたのだと思う。僕が心配してもらえるのを待っているだけの、恥ずかしいかまってちゃんだったことが。

文化祭と体育祭を休んだ後に、僕は気づいた。自分がいなくても、クラスにはなんの支障もないことに。その時僕は、寂しいとか悔しいではなく、何より恥ずかしい気持ちになった。自分に存在価値がないことを、自ら証明し、それをみんなに知られてしまったのだ。すると、もう学校には行けなくなった。

父は、一人で弾いても楽しくないだろうと思ってベースを与えた。じゃあ僕が部屋で一人、ずっと音楽に合わせて弾いていたのを、あの時両親はどう思っていたのだろう。

# ♯3 秋に鳴る音
## （includes 秋の裏側の世界）

横浜アリーナでのライブの本番前日、羽田《はねだ》空港の近くにある羽田スタジオで最終リハーサルを行うことになった。機材の多くないノベルコードは、本来ただリハーサルをするためだけにそんな場所まで行く必要はなかった。だけど、大きな場所で音を鳴らす感覚を掴んでほしいという首藤さんの思いつきで、そのスタジオで練習する運びとなった。

そんなことを言うくらいなのだから、かなり大きなスタジオなのだろうと想像はしていた。しかしスタジオの広さはその想像をはるかに超えていて、僕は驚くよりも笑ってしまった。正面と横の壁が鏡張りになったその部屋は、なんと百帖もあるらしかった。五メートル以上ありそうな天井は開放感があって、スタジオというよりは体育館みたいだ。リノリウムの床に天井の蛍光灯の光が反射して、全体が十分に明るい。

そんな部屋の真ん中に、僕ら四人が使うドラムセットやアンプがぽつんとセッティングされていた。いつもはそれだけで部屋がいっぱいになっているはずのセットである。それらは先に来ていたスタッフの手によって、すでに音を出せる状態になっていた。

スタジオの端に長机が設置されていて、まるで審査員のように小林を含むスタッフが横に並んで座っていた。スタジオでのリハーサルを、なぜこんな風に見られながらしなければいけないのだろうと思う。

居心地の悪さを感じながら、オープニングアクトで演奏するたった二曲を、僕らは四回も通して練習した。普段使っているスタジオは十帖もないのだから、ここでのリハーサルはイメージできる景色が全く違った。これまで立ったどんなステージより、何倍も大きなステージに立つのだから、何倍も大きなスタジオで練習しても驚くことではないのだろう。僕は鏡に映る小さな自分の姿を見ながら、アリーナやスタンドに立っている客の姿を想像した。

明日、ついにノベルコードは一万五千人の前で演奏する。数字を思い出すと、リハーサルなのに演奏する足が震えそうだった。だけどそれをスタッフに知られるのはいけない気がして、僕は悟られないように振る舞った。

みんな明日への緊張感があるせいか、リハーサルの前後も、あまり言葉を交わさなかった。

さっき電車が行ったばかりなのか、夕方の時間の割に、新宿駅のホームは空いていた。ホーム中央にある椅子が空《あ》いていたので、僕は背負っていたベースを膝の間に挟んで座った。

リハーサルの後、「明日のために今日はゆっくり休んでください」と小林に言われ、僕らは帰途についた。高円寺から羽田スタジオに行くには片道で二回、往復で四回電車を乗り換えなければならない。僕はその四回目の乗り換えのために、電車を待っていた。電車は数分ごとにくるはずだったが、ホームには遅延のアナウンスが流れていて、しばらく待たなければいけないようだった。

僕はポケットからスマホを取り出して、さっき広いスタジオで撮っていた動画を見返した。インスタグラムを起動して、動画をストーリーにあげる準備をする。動画の上に文字や絵文字をつけて、目立つようにする。

「ついに、明日です」

文字の後ろには、大きな笑顔のスタンプをつけておく。きっと、ファンのみんなは「可愛い」なんて言ってくれるのだろう、と想像していた。

「……それって楽しいの？」

すぐ隣から声がして、僕はビクッとした。横を見ると知らない女性が座っていた。

目が合った一対の大きな黒い瞳には、目力と言っていい種類の鋭さがあった。それでいてそれは威圧的なものではなく、まるで心まで見透かされているような、微かな罪悪感をこちらにもたらすものだった。女性はその瞳と同じくらい黒い服を着ていて、少ししてからそれが喪服であると気がついた。顔の中心より少し右で前髪が分かれている。胸まで伸びたその茶色の髪は、まるでたっぷり日焼けしたかのように毛先が逆立っていた。少し、歳上だろうなと思った。

彼女の視線は、僕の握ったスマホに移っていた。

「え……いや、楽しいっていうか……」

僕は画面をもう一度見る。絵文字をつけて装飾された画面の中、インカメラで撮った自分が手を振っている。

「……仕事なんです」

なんだか急に、自分のやっていることが恥ずかしくなって、僕は言い訳がましくそう言った。

「ミュージシャン？」

女性は、次に僕の股の間にあるベースに視線を移した。

「そうですね、一応」

言いながら、僕はベースのカバーをポンと叩いた。

それでいったん、会話は止まった。

ちらりと、横目で彼女の顔を見る。筋の通った小さな鼻と薄い唇が、凛とした印象を与えていた。顔のパーツのそれぞれを個別に見ると、決して美しいとは言えないかもしれない。なのに、その全部が彼女の顔の中で見事なバランスで調和され、一度見るとずっと見ていたくなる絵画や彫刻のように、引き込まれる美しさがあった。

駅のホームで急に話しかけてくるのは、経験上酔っ払いと相場が決まっている。だけど彼女は酔っ払っているようにも見えず、むしろ知らない人に話しかけるには、彼女はいささか悲しそうな目をしていた。

「……お葬式だったんですか？」

「あぁ」

彼女はそう尋ねられた理由が自分の服装にあるのだと、遅れてわかったようだった。

「祖母が亡くなったから」

「……御愁傷様です」

体の奥底にあった言い慣れない言葉を、僕は探し出して言った。だけど次に繋がる言葉が出てこなかったから、僕は必然的に黙った。

「でも、東京は遠いし、ずっと会ってなかったから――」

から、に続く言葉を、彼女もまるでどこかで失くしたように黙った。

「……どちらから来られたんですか？」

気がつけば、僕はそう尋ねていた。彼女のことを知りたいと、なぜか自然に思っていた。

「田舎のほうだよ」

「田舎」

「そう」

どの辺りですか、と尋ねようとしたら、彼女が先に口を開いた。

「私も昔、歌ってたんだ」

意外な言葉を口にした。

「どんな歌ですか?」

「フォークロック。弾き語りしてた」

「聴いてみたいです」

お世辞でもなんでもなく、本当にそう思った。

「もうやめたの。自分より才能のある人が多すぎるから」

そんなことない、とは簡単に言えない。その悩みは、この世界には付き物だから。逆にそう言えるくらいまで、頑張った過去があったのだろうと思った。

「あなたはバンドマンってやつ?」

「そうですね」

「ライブやってるの?」

「やってますよ」

僕はそれから少し迷って、言葉を続けた。

「……明日ライブしてますよ。観に来ますか?」

言ってから、祖母が亡くなったばかりの人をライブに誘うのも馬鹿げていると思った。

彼女は何も答えなかった。

電車はまだ来ないようで、遅延のアナウンスが再度流れていた。

夏に草を取って散々手入れをしてきた田んぼに、黄金色の稲穂が敷き詰められていた。実りの秋とはよく言ったもので、これまでの努力がやっと形になる季節だった。

春から夏の間、僕は手足を動かし続けた。その結果が目の前の景色なのだと思うと、感慨深かった。

しかしここからが大変だった。僕は美里さんに教えられるがままに稲刈り、乾燥や脱穀といった手間のかかる作業に取り組んだ。

その工程を経て、いわゆる食べられるお米になってそれを口に含んだ時、その美味しさはこれまで感じていたものとは比べものにならなかった。もし知らない誰かに売ってくれと言われても、手放したくないような気持ちになった。

僕は毎日のほとんどの時間を、土の上で過ごしていた。家の前には大きな畑があり、手前からバジルとトマト、ビート、ズッキーニ、ほうれん草といった様々な野菜が並んでいる。多品目少量栽培は、全部がダメになるリスクを下げることと、栄養がよく取れるように考えられている。今の季節は、畑の奥でかぼちゃやナスが大きく膨らんできていた。

時間をかけて、やっと食べられる野菜。

時間をかけて、やっと収穫できるお米。

大豆から作る、味噌や醤油《しょうゆ》といった調味料もそうだ。

買ってくれれば済むものを、わざわざ作る生活になんの意味があるのだろう。ずっとそう思っていた。

農作業は繰り返しの作業が多い。手足だけ動かしていれば無心になってできるところがあって、まるで瞑想《めいそう》するように、自分の疑問や考えを整理する時間にもなった。

「生きるために生きている気がする」

僕はそう言ってから、自分でそれがとても的確な言葉のように思った。ここでの暮らしは、自分たちが食べるもののために、一日の多くの時間を費やす暮らしだ。

「そのとおりだね。食べないと、生きていけないから。どうやって栄養を摂るか、どうしたら美味しく食べられるか。それ以外、深く考えなくていい。考える必要もない」

この場所で生きていくには、作物の育て方、正しい調理法、保存方法を知らないと飢えてしまう。つまり美里さんの言うとおり、僕がここに来て学び工夫し考え続けていたことは、全てがどうやって食べ物を食べるかということに集約されていく。逆に言えば、それさえ考えていれば生きていける。ここで暮らしている限り、見えないものを追い求める必要はなかった。誰かに能力不足を言い渡され、仕事を辞めさせられることもない。

「どっちが、豊かなんだと思う?」

「どっちって、なんですか？」

「生きるために生きることと、価値を生み出すために生きること」

僕は、その問いにすぐ答えられなかった。

「どっちが、人間らしいんだろうね。人間も動物という意味では前者だし、現代の知的な生き物がやるべきことは後者かもしれない」

土の上で、太陽の光を浴びながら美里さんは言う。

気がつけば、遠くに広がる奥羽《おうう》山脈には、うっすら白く雪が積もり始めていた。


何度も想像はしていた。ライブ映像も見て、イメージを膨らませてもいた。だけど、実際にステージの上に立ってみて思う。ここはまだデビューもしていないバンドが、立つべきステージではない。

「なんだこれ。端っこがちょっと見えないんだけど」

「やべぇ。まじやべぇ」

ハルとテツが交互に感想を言う。

僕らは横浜アリーナのステージの上に立っていた。ちょっと広い、とかではない。広大、という言葉がぴったりな会場だった。

縦長の会場は、ハルの言うとおり端がちょっと霞《かす》んで見える。最前列の席でさえずっと遠くにあるように感じる。この前のライブハウスでは、手を伸ばせば客を触れる距離だったのに。

オーケーロッカーズのために組まれたセットの邪魔にならないよう、僕らの楽器は広いステージの真ん中に凝縮されて置かれていた。ノベルコードはあくまでオープニングアクトなのだ。

僕らはさっきまで、客席からオーケーロッカーズのリハーサルを見せてもらっていた。出演順的に、ノベルコードのリハーサルは彼らの後だ。リハーサルだけで、僕らは圧倒されていた。数え切れない照明の数、迫力のあるレーザー、炎が出る演出まであった。そして、その演奏力と歌声に僕らは頭を殴られた気持ちだった。自分たちがプロの現場にいるということを、ちゃんと音で理解させられた。

リハーサル後、ステージに上がる前に僕らはメンバーに挨拶をさせてもらった。オーケーロッカーズは四人組で、僕らと同じギターロックの編成だ。

「出てくれてありがとな」

ボーカルのＴＡＫＥは僕らに言った。いえ、出させていただけてありがとうございますです、と思った。まだ無名の僕らのことを、ちゃんと対等に扱ってくれている。ＴＡＫＥは珍しく恐縮している蓮の背中を叩いて、「ぶちかましてやれよ」と言った。

ノベルコードが演奏する曲は二曲。短い時間だが、この馬鹿でかい会場にいっぱいの客に音を届けられることを思うと、こんなチャンスはない。正直、手足が震える。

「しっかり、落ち着いてやらないとな……」

自分に言い聞かせるようにテツが言う。ドラムはいつものライブハウスと違い、ライザーと呼ばれる動かせる台の上に乗っていた。そうすることで、転換もスムーズにできるからだろう。

サウンドチェックのために音を出してみるが、音量感がわからない。どのくらいの音量を出して良いのかわからず、適当にツマミをひねる。とりあえずハルが出す音になんとなく合わせていった。立ち位置が真ん中でギュッとしてるのが助かった。ここだけはライブハウスと近い感覚で演奏することができる。

蓮はステージの真ん中、一番前に立って客席を睨《にら》んでいた。その後ろ姿にはすでにオーラがあって、僕は少し安心する。

「では、ノベルコードのリハーサルに移りたいと思います。舞台監督の野木崎《のぎさき》です。よろしくお願いします」

突然、司会進行のような男がマイクで話しだした。どうやら大きいライブには、そういう役割の人がいるらしい。

「二曲目の〝Walking〟からお願いします」

舞台監督にそう言われ、僕らは目を合わせる。じゃあいくか、と四人で頷く。

曲を合わせてみてわかったのは、アリーナは信じられないくらいに演奏しにくいということだった。原因は大きな会場独特の反響音だ。自分が演奏した音が、半拍ほど遅れて跳ね返ってくる。テツが一番やりにくそうだった。自分が踏んだバスドラムが、少し遅れてもう一度聞こえてくるなんて、ドラマーにとって地獄のような状況だろう。そしてドラマーの演奏がズレると、全員がズレる。

僕らは必死になってモニター作りをした。ステージ上の音量を上げてもらい、集中して正しい音だけを拾う。

だけど、僕らに与えられた時間は短かった。この環境に慣れるまで音を出していたかったが、舞台監督からは無情にも持ち時間の終わりを告げられた。


リハーサル後、ノベルコードの楽屋には嫌な雰囲気が漂っていた。やりにくかったよな、とわざわざ声に出して言わなくても、全員がその気持ちを共有していた。大勢の客の前で下手な演奏をして、恥をかくことになるのは避けたかった。

「お疲れさまです」

マネージャーの小林が、いつもと変わらない様子で入ってくる。

「あれ、どうしたんですか？」

さすがに僕らの雰囲気が少し違うことを感じ取ったようだった。

「それが、めちゃくちゃ演奏しにくくて……」

僕が説明すると、小林は納得したように頷いた。

「ああー、大抵みんなイヤモニつけてますしね」

「やっぱりそうなんですか」

今のアーティストは、ほとんどがイヤホンを使って耳に直接音を返してもらっているらしい。それなら、あんなに大きな反響音に惑わされることもないだろう。

「僕らも必要ですかね？」

蓮が言った。

「まだ早いんじゃないですかね。でも、大きいところでツアーやるようになったらいるかもです。とはいえ昔のアーティストは、みんなイヤモニなしで最高の演奏してたんですよ。だから結局、慣れじゃないですかね」

楽屋の扉が開いた。入ってきたのは首藤さんと、もう一人黒い服を着たスタッフのおじさんだった。

「お疲れ様」

軽い足取りで入ってきた首藤さんに、僕らも立ち上がって挨拶をした。

「ちょっと一人紹介しとく。今日のＰＡをしてくれる益子《ましこ》さんです」

「よろしくお願いします」

益子と呼ばれた男は丁寧にお辞儀をした。声に聞き覚えがあったのは、サウンドチェックの時にマイクで話したからだ。この広大な会場では、音響を務めるPA席は遥《はる》か遠い客席にあるので、姿はもちろん見えていなかった。

「ミスチルとかもやってる、日本一のPAだよ。職人だよね。音のことでなんかあったら言うように」

蓮が益子さんと握手をする。僕らも順番に握手をした。益子さんは職人と言うには少し優しすぎる目つきをしていたが、手に刻まれたいくつもの皺《しわ》が経験を物語っているように思った。

「あの、すごく演奏しにくくて……外の音大丈夫でしたか？」

「そうなんですか？　大丈夫だと思いますけど……」

益子さんが首を傾げながら、首藤さんのほうを窺《うかが》い見る。首藤さんは頷いてから言った。

「リハーサル、良かったんじゃないか？　外の音はこの人がやってる限り気にしなくていいよ。君らが出す音を、何倍も良くしてくれるから」

首藤さんは益子さんの肩に手を置いて、続ける。益子さんは、いえいえ、と首を横に振る。

「最高の照明チームもいるんだ。自分たちが思ってるより、外から見てるものはいいから。自信持ってやること。それが大事」

僕らをいい感じに励まして、首藤さんは益子さんと楽屋を出ていった。

時間は一定の速度で流れている。そのはずなのに、その時間はまるで急流の川面に落ちた一枚の葉のように、一瞬で流れ去ってしまった。

きっと僕は、意識がなかったんじゃないかと思う。

スタッフに呼ばれて、ステージの袖に移動した辺りから記憶が曖昧だ。やっと落ち着いた今になって、ぼんやりと景色が断片的に浮かんでくる。

「オーケーロッカーズのメンバーの皆さん到着します！」

スタッフの一人がそう言って、僕らは立ち上がった。スタッフみんなの拍手を浴びながら、メンバーが店の中に入ってくる。

僕らは、ツアーの打ち上げに参加させてもらっていた。横浜から移動車に乗せられて、代々木公園近くの大きなカフェ＆バーまでやって来た。貸切の店には横長の大きなテーブルがいくつか置かれていて、ノベルコードは案内されるがままに奥のテーブルに集まって座っていた。

オーケーロッカーズは、これから同じレコード会社の先輩ということになる。四人のメンバーが、僕らの隣のテーブルに着席した。メンバーは僕らのほうに「お疲れ」と声をかけてくれる。僕らはみんなで立ち上がって頭を下げる。

社長である首藤さんからの挨拶があって、乾杯が行われた。こんな大人数での乾杯は軽音サークルの新歓以来だと思った。蓮が先頭になって、周りの人たちとコップをぶつけてまわった。

僕らは自分たちの本番の後、すぐにオーケーロッカーズのライブを見せてもらった。自分たちが立ったステージでライブをしているのを観るのは、ただ客として観ているのとは違う感覚だった。アリーナいっぱいに響く音に包まれながら、彼らと自分たちのレベルの差に愕然《がくぜん》としていた。歌が上手い、演奏が上手い、パフォーマンスが素晴らしい。当たり前だけど、どこを取っても僕らよりずっと洗練されている。

それでも、僕らのステージの評判も悪くなかった。いや、少なくとも、ここにいるスタッフたちの間ではかなり良かったようで、会う人みんなが褒めてくれる。

冷静になった今、ポラロイド写真のように、少しずつ記憶の中の景色が蘇ってきた。開演の時間になって、照明が落ちた瞬間。割れんばかりの大きな歓声が上がった。

「え、みんな俺らが出るって知ってるんだよな?」

先頭にいたテツが振り返って言う。観客の歓声の大きさが、今からメインアクトが始まると勘違いしているんじゃないかと思うほどだったからだ。

「優しいんだな。みんな」

蓮が言った。そう思うと、いくらかの安堵《あんど》が胸に膨らんだ。

ステージに上がると、リハーサルとは景色が違った。見渡す限り、客席にいる人、人。見えないくらい遠くまで、信じられないほどの数の人で会場が埋まっていた。そしてその全ての視線が今、僕らに注がれている。まるでガラスの板の上を歩いているような気分で、僕はステージを歩いた。スタンドに置かれたベースを背負って、前を向く。全ての挙動が試されているような気がした。

「ノベルコード、始めます！」

蓮が叫んだ。

音と同時に、光が降り注ぐ。

ずっと遠くの天井から、ピンスポットライトの光が僕らに注ぎ込まれた。天国から光を当てられているみたいだと思った。

こんなにも人がいる。いや、本当に人なのかもよくわからない。

テツのドラムが、ハルのギターが、巨大なスピーカーから太い音で鳴り響く。音に集中しないと、反響音のせいで簡単にずれてしまいそうだった。テツがこちらを見て、少し笑った気がした。……もう、そこからは思い出せない。

「初めてのアリーナは楽しかったか？」

声が聞こえて、ふと我に返る。TAKEがこちらのテーブルに移動してきて、蓮の横に座っていた。

「めちゃくちゃ気持ち良かったです」

蓮が答えると、TAKEも嬉しそうに「お前すげえな」と言った。まさにテレビの中の人が目の前にいるようだった。

「ノベルコード、多分これから大きくなるよ。歌めちゃくちゃいい。でもここからどうなっていくか、全部お前次第だからな」

蓮の肩に、ポンと手を置いて言う。その手以上の重たいものがその肩に乗っていることを、教えているみたいに。

「ありがとうございます。頑張ります」

蓮は真剣な目つきのまま言った。それから、TAKEと蓮はボーカル同士で何かを話し込んでいるようだった。

僕が座っていると、何人かのスタッフは話しかけてくれた。S-Recordsの社員だけでなく、全国のイベンターや音楽雑誌の編集長など、みんな僕らに一言挨拶をしていった。何枚か名刺をもらったが、交わした会話は「堂々としてていいライブだった」ということと「インスタグラム見てるよ」ということくらいで、逆にまだ、そのくらいしか僕と会話する材料がないということでもあった。

さっきまで隣にいたハルの姿が見えないので、店内を見渡すと、スタッフの中に溶け込んで和気《わき》藹々《あいあい》と話していた。さすがのコミュ力だった。

僕はすっかり人見知りを発揮し、テーブルの上のカルパッチョに夢中になっているテツと話すことにした。

「それ美味い?」

「美味いよ。食べてみたら?」

僕は端っこに放置してあった自分の箸と小皿を使って、カルパッチョを取る。テツは早いペースでハイボールを飲んでいた。

「浮かれるよなぁ」

ハイボールが入ったガラスのコップと一緒に、テーブルの上に言葉を置くようにテツは言った。

「そりゃ、急に横浜アリーナでライブしたら、浮かれもするよ」

「な。でもまだ実感がないいんだよなぁ」

テツがどこか切なそうに天井を見上げる。顔が赤い。

「わかるよ。僕も、あんまり記憶にないし」

「俺さ、思ったんだよ。横浜アリーナでオーケーロッカーズのオープニングアクトやったなんて、一生自慢できるようなことだと思うんだよ。今の時点で、そのくらいのことを俺たちは経験したんだ」

「そうだね」

「それなのに、なんかふわふわしてんだよな」

その視線は虚空を眺めるようで、どこか一点をしっかり見つめているようだった。

「俺が、自分で勝ち取った気がしないからかな」

そう言うテツを見て気づいた。彼は、全く酔っていない。多分、すごく冷静だ。

ＰＡも照明も、あの大きなステージも、満員のお客さんも、全部自分で勝ち取ったものじゃない。全てが借りてきた舞台装置のようで、まだ実感がない。自分たちの実力以上の場所にいるようなちぐはぐさは、最近ずっと感じていた。そう、ノベルコードは少し、上手くいきすぎている。

「……これからでしょ？　いつか、自分でやったんだって思える時が来るよ」

僕は自分に言い聞かせるようにも言った。まだデビューもしていない僕らだ。これから勝ち取っていけるはずだ。

「そんな日、来るのかな」

「来るでしょ。蓮がいるし」

「……結局それなんだよなぁ」

「何？」

「なんでもない」

テツはまだ天井を見上げている。目も少し充血していて、傍《はた》から見たらお酒を飲んで酔っているやつにしか見えない。


来年の春に出すメジャーデビュー曲は、正式に〝Walking〟にしたいと首藤さんから連絡があった。この前のオープニングアクトで披露した時の評判も良く、スタッフ間でも打ち合わせが行われていたようだ。

レコーディングの日は、一日に二曲のドラムとベース、ギターまでを録ってしまいたいと担当のディレクターが言った。だからもう一曲、これもスタッフの間で評判のいいバラードである〝Love and story〟をレコーディングすることに決まった。

ハルとテツと三人で代々木のノアに入り、細かいアレンジを見直しながら演奏の練習をした。初めてのプロのレコーディング現場で、エンジニアに下手だと思われたくない。僕らは何度も何度も、飽きるまで二曲を演奏した。

今日は久しぶりに蓮もスタジオに来て、歌と一緒に曲を演奏した。歌の邪魔になっていた楽器フレーズに気づいて、それをそぎ落とすことで、よりアレンジはブラッシュアップされた。

予約していた時間が終わると、僕らは倉庫に機材を預けて、四人で外に出た。

「俺、楽器屋に寄ってスティック買ってくる」

テツが言うと「おっ、じゃあ俺も同じ方角かな」とハルは言った。二人は新宿駅のほうへ行くようだ。

「じゃあまた次のリハで」「お疲れ」

僕と蓮は二人で、代々木駅に向かって歩きだした。まっすぐな道を並んで歩く。山手線の高架の下まで来たところで、僕はふと蓮に言った。

「蓮とテツって中学まで同じ学校だったんだよね?」

「そうそう。昔からよく知ってる。どした?」

「いや、その頃からの同級生が今も一緒にバンドやってるって、なんかエモいなって思って」

「んー、確かにそうだな」

「テツって昔から変わらない？」

なんとなく、僕は訊いてみた。

「根本的には変わらないかな。最近はノベルコードも仕事になってきてるからさ、そりゃ、お互い少しずつは変わってるだろうけど……。でも、基本的にかわいいやつだよ。うん。なんかあいつ、かわいいところない？」

「確かに。かわいいところ、ある」

なんだろう。ちょっと不器用な感じとかが、そう思わせる部分なのかもしれない。

「でもあいつ、それ言ったら怒るから言うなよ」

「え、なんで？」

「知らね。気にしてんじゃね？　あそうだ、俺これから池袋で瑛里華の誕生日パーティあるんだよ。来る？」

蓮は急に話題を変えた。僕は唾が喉に詰まりそうになって咳き込んだ。

「え、誕生日パーティ？」

「そう、会場貸し切ってやるんだって」

僕は以前会った瑛里華の姿を思い浮かべて、ああ、そういうことしそうだなぁと思った。

「来る?」

「いや、いいよ。プレゼントもないし」

「こういうのは、来てくれたってだけでも喜ぶもんだよ?」

そんなに仲良くない人の誕生日パーティなんて、確実に面白くないに決まっている。僕はやんわりと断り続けた。

「蓮は、彼女のこと大切にしてるんだね」

「そうかもね。ん、湊は?」

「僕は……」

尋ねられて、どうなんだろう、と思った。茉由の顔を思い浮かべる。すぐに答えられない自分にも戸惑った。

「ま、色んな男女の関係があるよな。うちの瑛里華は、性格悪いしなー」

蓮はさらりと意外なことを口にした。

「そうなの?」

「あいつ、俺といたらなんでも奢《おご》ってもらえると思ってるんだよ。ノベルコードがデビューしたら、バンドも利用しようとするかもな」

「え、そこまでわかっててなんで付き合ってるの?」

「いいんだよ、別にそれでも。誰かに利用されるってことは、それだけ必要とされてるってことだろ？」

僕の目を覗き込むようにして、蓮は言った。澄んだ眼差しに、僕は一瞬言葉が出てこなかった。

「まぁ……そうとも言えるけど」

蓮はその才能で、もうすでにたくさん必要とされてきたはずなのに。彼も僕と同じように、誰かに必要とされたいという感覚があるのだろうか。

「俺の親父が音楽プロデューサーしてるって言ったっけ？」

「なんとなくは聞いたよ」

「ま、子どもの頃にとっくに離婚してるんだけどさ。あの人結構売れてて、お金めっちゃあるんだよ。だから母親も養育費には全然困らなかったみたいでさ」

父のことをあの人と言う蓮は、なんだか少し大人びて見えた。

「俺も母親も、言ってしまえばあの人のお金を利用してたんだよね。俺は子どもだから仕方なかったとしてもさ、母親は慰謝料たんまりもらって、全く働かないし」

代々木駅前に着いて、二人で改札を通った。蓮は池袋に向かうので、一番線の山手線に乗る。僕は中央線なので、三番線だからホームが違う。だから僕らは一番線のホームへ上がる階段の前で立ち止まった。行き交う人が、僕らに邪魔そうに舌打ちするのが聞こえた。

「俺、どっか親父の影響があったみたいで、ずっと音楽好きだったんだよね。あの人の作る曲とかアレンジとか、やっぱりすごかったから聴いてたし。それで、中学からギターとか作曲とかしてて。

だけどその親父にさ、お前は音楽の才能はないって言われたんだよ」

少し恥ずかしそうに蓮は言った。蓮にとって父親は、正解のない音楽の世界の中で、ある意味答えのような存在だったのかもしれない。

「子どもでもお前くらいできるやつはゴロゴロいるし、これからの時代はさらに難しい。俺みたいに音楽で金持ちには絶対になれない、って。そんなこと言われたらさ、なんか逆にやる気出ちゃって。どんな方法使ってでも、しっかり音楽で稼いで、その金で養育費とか返してやろうと思ったんだよ」

電車がホームに入ってくる音がする。音だけでは、どちらのホームに電車が入ってきたのかわからない。

「ごめんな、こんな話。ただ俺、覚悟があるんだよって話」

蓮はふっと一つ微笑みを浮かべてから、ホームへ続く階段を上っていった。ただ階段を上っているだけなのに、自分の意思で一つ一つの段を踏み締めているみたいだった。


朝早く目が覚めた。体を起こしてカーテンの向こう側を覗くと、山の上の空が、朝焼けでトマトを潰したような色に染まっていた。太陽はまだ姿を見せていなかった。

珍しい色に僕は思わず立ち上がった。音を立てないように部屋を出て、素早く階段を降りる。僕が家の前の庭に立った時には、空はさっきより彩度が落ち、苗に実った桃のようなピンク色に変わっていた。僕はしばらくの間、雲と光が作り出す空の変化に見惚れていた。

秋になって、太陽が昇ってくる時間はずいぶん遅くなった。世界はまだ目が覚めたばかりの様子で、鳥の鳴き声も聞こえない静かな朝だった。ひんやりと澄んだ空気を大きく肺に吸い込むと、それだけで体に何かの栄養が行き渡っている気がした。

坂の上にある美里さんの家は、どこへ行くにも上り下りが大変だったが、こんな景色と出会えるならそれもいいと思えた。

「湊？」

僕は呼ばれて振り返った。美里さんは首を傾げて立っていた。彼女も起きたばかりのはずなのに、顔はしゃんとしている。

「早起きだね」

「たまたまです」

「緊張してるの？」

「そんなことないです」

僕は大袈裟に首を横に振ってみせた。

「大丈夫だよ。今日は見学に行くだけだから」

美里さんはなぜか僕を励ますように言った。

「本当に、緊張とかしてないですよ」

「どうだろうね」

美里さんはいたずらっぽく笑った。

夏の頃、牧田さんは美里さんにあることを頼んだ。それは、牧田さんの息子であるサトルのことだった。

牧田さんが二拠点生活を始めたのは、奥さんである真紀さんの希望だった。真紀さんはサトルが東京の中学校に入学して、周りと上手く馴染めないでいることを心配していた。それならと思いたったのは、田舎の、もっといい環境に移住するということだった。彼女自身、ずっと田舎への憧れを抱いていたらしい。

だけど、憧れは大抵ただの憧れでしかない。

田舎にやってきたものの、不便で過酷で、虫もいる。やりたかった家庭菜園も、真紀さんはその作業量の多さに心が折れかかっていた。

サトルのほうも、環境が変わったからといって、これまであった問題がドラマのように突然解決するものではない。言葉の訛《なま》りが違うことなどもあって溶け込めず、ついには学校に行くことさえしなくなった。

しかし、そんなサトルは最近、音楽に興味を持っているらしかった。ギターを持って、歌を歌っているとか。

　学生時代にジャズバンドをやっていた牧田さんの家には、楽器が色々あった。そこは田舎のいいところで、多少楽器を弾いても、周りに苦情を言われるようなことはない。牧田さんは倉庫として使われていた建物を簡易なスタジオに作り変えたらしい。牧田さんはドラマーだったようで、小さなドラムセットまで置いてあるそうだ。

「学校が全てじゃないって僕は思うから、サトルに何か熱中できることがあればいいと思うんだ」

　牧田さんは、楽器をやることがサトルにとっていい作用があるのではないかと思った。だけど歌やギターは自分じゃ教えられない。だから、美里さんに先生をしてもらおうと思ったのだ。

　頼まれた美里さんは、そこで思いついた。僕を巻き込んで、一緒にバンドをやればいいのだと。

「あのさ、お願いがあるんだけどね……。湊、一緒にバンドやらない？　ベースがいないんだよね」

　夏の昼下がりに、美里さんは言った。

　牧田さんがドラム、サトルがギターと歌、美里さんがリードギター、そして僕がベース。よくもまぁ、僕に楽器を弾けと言えたものだ。無神経にもほどがある。もう、弾けるわけがないのに。なのに、「あれ、あんまり弾けないいんだっけ？」と挑発してくるから憎らしい。僕は渋々、そのバンドに加入することになった。僕はいつも、人手不足のところに入れられる。

　夏から秋の間は、農作業に追われて忙しかったが、気温が下がってきて作業は少し落ち着き始めていた。今日は午前中に、牧田さんが車で僕らを迎えに来る予定だった。牧田さんの家のスタジオを見にいくのだ。

「もう、時間が経ったから大丈夫だよ」

「大丈夫ってなんですか？」

僕の問いには答えず、美里さんは家の中に入ってしまった。

太陽が姿を見せると、もう空にはさっきのような劇的な変化は訪れなかった。大きな変化が起こるのは、短い時間だけだ。


美里さんの家から車で十分ほどで、牧田さんの家に着いた。

木造の大きな家は、まだ築年数は二十年ほどという、よく移住者が住む空き家の中ではかなり新しい部類に入る家だった。母屋《おもや》とは別にもう一つ建物がある。もともと倉庫として使われていた建物で、外見は小さめのログハウスのようなものだった。

牧田さんは黒のハンガードアを左右に開く。中に入って、慣れた手つきで電気をつける。電源は、牧田さんがＤＩＹをして母屋のほうから引いているのだとか。

電球に照らされた倉庫の中を見て、僕は驚いた。まるで、本当にスタジオみたいだったのだ。

「このとおり田舎だからね。昼はどれだけ音を出しても文句を言う人がいないんだ」

奥にドラムセットがあり、小さなギターアンプとベースアンプ、マイクスタンドやマイク、スピーカーまである。

「これ、全部買ったんですか？」

「まさか。ドラム以外は貰《もら》い物だよ。バンドってさ、終わったらみんな機材のやり場に困るんだよ。ギターとかベースの竿《さお》類は捨てないけど、古くなったアンプは置き場所も困るから。それを、僕が引き受けたんだ」

牧田さんは、思い出に触るような優しい手つきで、ギターアンプを撫でた。

僕はスタンドに立てられたベースに近づいた。白のボディに黒のピックガードがついたジャズベース。長く交換してないのか、弦が少し錆《さ》びている。弾くと指先にサビがつきそうだ。

入り口から伸びた人の影が揺れて、僕は振り返った。

男の子が立っていた。

「サトル」

牧田さんが言った。中学生らしい、大人になる前のあどけなさが顔に残っている。これから伸びるのだろう、まだ身長は低い。長い前髪が目にかかって鬱陶しそうだ。

「……何してるの？」

まるで自分の部屋に勝手に入られたような、不快さを込めてサトルは言った。

「サトルくんがギター弾いてるって言うから、見にきたのよ」

美里さんが優しい声を出した。

「美里さん……まだ練習中だから見せられないよ。ってか誰？」

彼は無遠慮な視線を僕に向けて、面倒くさそうに言った。

「こら、サトル。一人じゃつまんないだろうと思って、バンドメンバー連れてきたんだぞ」

「バンドメンバー？」

「そう。湊くんが、ベース弾いてくれるって。美里さんはギターを教えてくれる」

不思議そうな顔で、僕と美里さんのことを交互に見ていた。

「美里さんギター弾けたの？」

「うん。多少ね」

「でも田舎の人に、俺が弾きたい曲とかわかってもらえるかなぁ」

「この人は東京から来たんだよ。美里さんも東京に住んでたし」

牧田さんは僕の肩に手を置いて言う。

「なんで、東京からこんな場所に人が来るんだよ」

その問いかけに、僕は上手く答えられない。

「なんでって……」

なんでだろう。なんで、僕はここにいるんだっけ。

「サトルくん、どんな曲弾いてるの？」

美里さんは尋ねた。

「どうせ知らないよ。学校のみんなは知らなかった」

「でも、きっと私たちは知ってると思うよ」

「そうかな。……〝Blowin' in the Wind〟って曲だよ」

サトルはおずおずと、曲のタイトルを言った。

彼はポケットからスマホを取り出して操作する。スマホのスピーカーから、しゃがれたディランの声が鳴り響いた。


スピーカーから、蓮の声が響いている。デモの視聴会が、渋谷にあるS-Recordsの事務所の一室で行われていた。

蓮が作ってきた曲を順番に聴いていく。五曲全部聴き終わるまで、首藤さんは一言も発さなかった。

「以上の五曲ですね」

小林が言うと、首藤さんは組んでいた腕を下ろして「んー」と喉の下のほうで唸《うな》った。

「どれもいい曲だと思うんだけどさ、フックがない気がするんだよな。フックってわかる？」

人差し指を、鉤のように曲げながら首藤さんは言う。

「引っ掛かる部分がないと、人の印象に残らないんだよね。サビの一行目の歌詞なんかは特に大事だ。でもここにある曲は、耳触りが良くて全部流れていっちゃう感じがするんだよな」

首藤さんはまた腕を組んで、少し考えるように目を閉じる。

「ライブでちゃんと結果見せてるのは素晴らしいよ。でもいい曲がないと、一般の人には響かない」

「……わかりました。もうちょっと頑張ってみます」

ここにある曲を出すのも苦労したはずだ。だけど首藤さんの言っていることも一理ある。蓮が作ってきた曲はいい曲だけど、飛び抜けていい曲というのはない気がした。

「まぁ、まだ時間があるから大丈夫だろ。来月も五曲作ってきて」

出会ってから僕らのことをずっと褒め続けてくれていた首藤さんだが、蓮が作ってくる曲に対しては妥協を許さない姿勢だった。シングルの曲は決まっているが、アルバムのリード曲を出すのに、蓮は苦戦していた。

少し沈んだ表情でいる蓮を見て、首藤さんはわざとらしくパチンと手を叩いた。

「よし、メンバーが頑張ってくれてるんだ。俺たちスタッフもそれに応えようと思ってな。今日話したかったのは曲のこともそうだけど、来年の予定のこともだ」

「来年ですか？」

「デビュー曲を出すだろ？　その後にツアーを回ろうと思う」

ツアー。ノベルコードの初めてのツアーだ。そこまで考えていてくれたのだ。

「四月からのツアー、会場取れたんだよな？」

首藤さんは小林のほうを見て言う。

「はい。奇跡的に、全部土曜日で取れました」

すごいよな、と首藤さんはまた手を叩く。何を言っているのかわからない。

「ノベルコードはな、来年の春、東京、名古屋、大阪、福岡の四箇所のＺｅｐｐツアーを敢行する」

首藤さんの言葉に、一瞬部屋がしんとなった。

「え……ノベルコードがＺｅｐｐツアーをするんですか？」

おそるおそるハルが言った。驚くのも無理はない。まさか、あのＺｅｐｐだ。

「そのとおり。デビューして最初のツアーでＺｅｐｐをやるバンドなんて、まずない。でもノベルコードならきっとできる。どうだ？　やれるか？」

Ｚｅｐｐは、約二千人が入るもっとも大きなライブハウスの一つだ。バンドをしている者なら一度は憧れたことがあるだろう。

「埋まるんですかね？」

テツが不安そうに尋ねる。

「それは……」

と首藤さんが言いかけた時に、蓮が口を開いた。

「埋まるかどうかじゃない、埋めるんだ！」

空気を切り裂くような言葉だった。

「だから、やりたいです、Ｚｅｐｐ」

蓮の力に満ちた言葉に、首藤さんはニヤリとした。

「話題になるし、観ておきたいと思う人も多いはずだ。日程も週末でいいしな。今時こんな綺麗に取れないんだよな？」

「はい。制作とイベンターが頑張ってくれました。四週連続で土曜日。こんなにいい日程で会場が取れるところも、ノベルコードは持ってると思います」

そう。僕らは、持ってるのだ。こんなにも上手くいくのは、そうとしか説明できない。

「持ってるけど、浮かれるなよ。ちゃんと覚悟を持って、考えておかないといけない。君らは一人一人、どうして音楽をやってるんだ？　答えられるか？」

首藤さんと目が合う。急に質問を投げかけられて、僕は戸惑った。

「どうして自分が音楽をやってるのか、その意味を知っておかないと、この先進む時に迷うことになるぞ。ここからはさらに覚悟を持って進まなければならない」

首藤さんは、話すのが上手い。この業界の偉い人はみんなそうなのかもしれない。曲のダメ出しをされた時の嫌な雰囲気はもうなくなっていて、全員のやる気が部屋に充満していた。

「はぁー、すごいよなぁ首藤さん。見つけてもらえて良かったなぁ」

「な。あのおっさん、口だけじゃないからすごいよな。こっちのモチベーションの上げ方まで知ってる」

ハルの言葉に、蓮が答える。

僕らはミーティングの後、新宿の靖国《やすくに》通り沿いにある鳥貴族《とりきぞく》にやってきた。手前に僕と蓮、奥にハルとテツが並んで座っている。店内は同世代くらいの男女で混雑していた。天井にある小さなスピーカーからは、懐かしい音楽ばかりが流れている。昔の音楽を大人になってから聴くと、こんなベースラインだったのか、と新しい発見がある。

「偉そうなこと言ってるけど、やることはきちんとやるもんな」

テツが、大きな焼き鳥を頬張りながら言った。今日も彼が一番早いペースでビールを飲んでいる。

「今回の曲はいけると思ったんだけどなぁ……」

ボソリと蓮が呟いた。今日は店に来てから、彼は基本的にこんなテンションだった。

「蓮は大変だよな。俺たちも、俺たちにできること頑張ろうぜ」

ハルが励ますように、明るい声で言った。

「そうだ、湊のインスタもすげぇ伸びてるよな。前に働いてた古着屋に行ったっていうファンのツイート見た」

「ああ、そうなんだよ。もう辞めたから、会ったりはしないけど」

レイモンドは一部のコアなファンにとって、聖地の一つになっているらしい。榊原さんに恩返しできているようで嬉しい。

「湊すげーよな。そうやって宣伝してくれてるんだもん。ファッションに関心ある人が、ノベルコードのこと知るわけだし。ノベルコードが大きくなってきたのも、湊のおかげかも」

蓮はお代わり無制限のキャベツの切れ端をかじって、小皿に置いた。キャベツをかじる姿も、ちょっと格好良く見えるのが不思議だ。

「それに、ハルのサポートも偉いよ。演奏できる音楽の幅が広がるわけだし」

ハルが「いやいや」と謙遜した後、変な沈黙が生まれて気まずくなった。まるで、蓮が暗にテツのことを責めているみたいに聞こえた。

「……そ、そういえばさ、テツはSNSやんないの？　前までやってたよね」

ハルが嫌な空気を破るように言った。スルーもしない、いい具合のところを突いていると思った。

「やめちゃったんだよ。俺ほんとにダメなんだ。ＳＮＳは頭おかしくなりそうで」

「何それ。頭おかしくなりそうって」

テツの言葉遣いがおかしくて、僕は思わず吹き出した。

「だって、ファンって俺たちに優しいだろ？　何言っても肯定してくれる感じの、あたたかい返事が来るんだよ。そんなのばっか見てると、勘違いしそうになる。疑うつもりはないけどさ、褒めてくれるのも、本当かどうかわからない」

「なんだそれ」

　ハルがそう言って笑った。でも僕はその言葉を聞くと、もう同じように笑えなかった。

　テツの言っていることが痛いほどわかった。僕がノベルコードのメンバーとしてSNSをするようになって感じた違和感は、テツの言葉のとおりだった。会ったことのない人から来る、不思議なあたたかさ。距離感。実感のなさ。確かにそこに本当の人がいるはずなのに、どんな風に褒められても、なぜか満たされることはなかった。

「じゃあ否定されてみたい？　もっとちゃんとした日本語使ってください、とか、言ってることの意味がわかりません、とか」

　ハルがおどけた口調で言う。

「否定されたらむかつくだろ。カッとなりそう」

　あまりに素直で、僕は小さく笑った。

「じゃあどうしたらいいの？」

「どうにも。だからやらない。それに、SNSの世界ってなんか変なんだよ。あの、人気がそのまま数字に出る感じも。例えば、誕生日が来るとするだろ？」

テツは一度言葉を切って、ジョッキを持ち上げてビールをグッと喉に流し込む。それからジョッキを元の位置に戻して、続ける。

「ファンの人たちから、おめでとうございますって言ってもらえるんだけど、俺の誕生日って、どっかの知らないアニメキャラの誕生日と同じ日みたいなんだよ。いや、アニメじゃなくてゲームだったかな……で、そのキャラが結構人気らしくてさ、存在すらしないのに何千人から誕生日祝われてるんだ。まぁ、ツイッターでトレンドにもなる。一方で、俺は存在してるのに、何十人かが祝ってくれてるだけ。まぁ、それでも十分すごいんだけどさ。上手く言えないけど、俺の存在価値ってこのアニメキャラよりもないのかなって……例えば俺とこのアニメキャラの命、どっちを救うかって投票があっても、SNSの世界では俺が負ける気がするんだよな」

ほとんどの人には、彼が冗談を言っているように聞こえるかもしれない。だけど、僕には深刻な話として響いていた。

「……テツは逃げてんだよ。そんなこと言って」

蓮が口を開いた。

「逃げてるわけじゃなくて……」

「いや、逃げてんだよ。中途半端なプライドを理由にして、評価されることから逃げてる。メンバーはそれぞれ、バンドのために頑張ってるのにな」

「はぁ？　俺が今さらSNSやったからって、バンドが売れんのかよ。関係ないだろ」

　テツが握りこぶしをテーブルの上に叩きつけた。並んでいるジョッキや皿が、ガチャン、と激しい音を立てる。

「でもやらないとチャンスは0のままなんだよ。やったら0・1でも、誰かがノベルコードを知るチャンスになる」

　蓮の様子がいつもと違う。曲作りでたまった苛立ちを、この場にぶつけているようにも見えた。

「俺のキャラってあるだろ。俺がSNSしても、誰も喜ばないって」

「キャラ？　誰もお前のキャラなんて知らないって。だって情報がないもん。もう今の時代、ネット上にアカウントがないと『存在しない』と一緒なんだよ。自分だけ何もやらないってことで特別感出そうとしてるんだろうけど、意味ないよ」

「なっ……」

　僕はテツが蓮に掴みかかるんじゃないかと思った。だけどテツはその場でただ、蓮を睨みつけているだけだった。

　蓮はもうすでに目を伏せて、テツのほうを見ていない。悲しい顔をして、視線はテーブルの上をさまよっていた。

「……ごめん、もういいわ。ちょっと頭冷やしてくる」

　蓮は立ち上がって、ハンガーにかけた薄手のジャケットを羽織った。財布から五千円札を出して、テーブルの上に置く。

「おい、どこ行くんだよ」

テツが立ち上がる。

蓮は「悪かったよ」と言って、店を出ていった。

周りの客が、立ち上がっているテツに注目している。周囲を見て、テツはばつが悪くなって気弱そうに席に座った。

「……蓮も、大変なんだよ。本心じゃないさ」

ハルが優しくテツの背中に触れながら言った。

「俺も前さ、全然ギター弾けないままスタジオに行ったらくそキレられたから。あいつ、キレる時めちゃくちゃキレるんだよな。今日はそういう、あいつのモードだったんだよ」

「……いや、俺も悪いんだよ。逃げてるってのは、本当かもしれないし」

「ドラマーなんだから、いいドラム叩けたらそれで……」

僕も励ますつもりで言葉をかけたが、テツは首を横に振った。

「昔の時代はそれで良かったんだろうな。でも、今のミュージシャンはそれじゃダメなんだよ。楽器が上手いとか、そんなに重要じゃない。湊がインスタやってるみたいにさ、俺もなんか必要なんだよ。どうすればいいかわかんないけど、何かはしなきゃいけないよな」

何か。スマホがあって、色んなことが自分で簡単にできてしまう時代だ。その分、発信する側には何かをしなきゃいけないという強迫観念も生まれる。

「バンドしてる。ただそれだけいいんだよ。蓮が求めすぎなだけだって」

僕の言葉をまるで無視するように、テツは大きなため息をついた。

「今日首藤さんが、なんで音楽してるかって話をしてただろ？」

打ち合わせの時のことだ。

「……音楽が儲からない時代なんて、もうずっと前から言われてたよな。ＣＤなんて誰も買わなくなって、サブスクが主流。でもそんなんで曲聴かれても、一回一円にもならない。しかもバンドなら、その小数点の金額をメンバーの頭数で割ることになる。お金払ってくれるならまだいいほうで、違法の無料音楽アプリとかもあるし、それで聴いてる側も音楽は無料で当たり前だって思ってるから罪の意識もない。でもさ……」

テツは悲しそうな顔を浮かべている。

「そんな時代でも、俺のやりたいことってバンドしかないんだよ。サポートドラムとか興味ないし、お金が欲しいんだったら別の仕事するよ。株でも投資でも、つまんないことでもやる。でも、やりたいことは何って言われたら、バンドしかないんだよ。だから、バンドを続けてぇ。そのためなら、なんでもするよ。蓮にできなくて、俺にできることも考える」

そんな必要ないのに、とはもう言えなかった。もっとこのバンドのためになりたいと、一番考えてるのはテツなのだ。

「……蓮はすごいよなぁ」

潤いを欠いた声で呟くテツを見て、僕はふと、この前のライブの打ち上げでの彼を思い出した。大きなステージに立った後に、自分で成し遂げた気がしないと悔しがっていた姿。僕は彼が、ノベルコードの力で成し遂げたわけじゃないから、悔しいと感じていたのだと思っていた。でも実際は、自分ではないという意味だったのだ。自分ではなく蓮が、このバンドが大きくなるためのほとんどの要因を担っているという事実に対して、悔しさを感じていたのだ。

蓮はフロントマンだから、仕方がないのに。ドラマーで売れたバンドなんていないのに。

テツは蓮のことを幼い頃から知っているからこそ、負けたくないという思いがあるのだろう。

その夜、グループラインにテツから連絡が来た。

「ごめん、俺は蓮の言うとおり逃げてただけかもしれない。まずSNS始めてみる。自分にできることが何か、自分なりに考えてみるよ」

テツなりに悩んで、僕らに連絡をくれたのだろう。

次の日には、テツはツイッターのアカウントを作った。プロフィールに「不慣れですが頑張ります」と書いてあるのがテツらしいなと思った。最初の投稿は、愛用しているスティックの写真だった。僕ら三人はすぐにそれをリツイートした。

テツのツイッターには、ファンからの優しいリプで彩られていた。

音楽をやる意味。

あの時首藤さんに問いかけられて最初に頭に浮かんだのは、美里さんとの電話での会話だった。その会話は時間が経っても、いつまでも僕の中で光を放ち、重要な意味をもたらしていた。

新宿駅のホームで美里さんと出会ったあの日、僕は彼女を次の日のライブに誘った。

「どこでやってるの？」

彼女の質問に僕は「横浜アリーナです」と答えた。すると彼女は「あなた有名なバンドの人なの？」と驚いていた。

格好つけるつもりもなかったので「有名なバンドの、オープニングアクトをするチャンスをもらいました」と言った。

「じゃあ、実は今緊張してるところなんだ？」

「そうですね。二曲しか演奏しないんですけど……」

それから、いくつかバンドのことを説明した。このバンドには、これからきっとすごい未来が待っていること。ボーカルの歌が圧倒的なこと。あとの二人のメンバーが面白いこと。

話をした後、美里さんはしばらく黙った。そしてそれから、まるでとても大きな決心をするように、「行きたい」と言ってくれた。

チケットはソールドアウトなので、家族を招待したいと小林に嘘をついて、関係者用のチケットを一枚取ってもらった。オープニングアクトの立場で人を招待するのもどうかと思ったが、僕だって一応、あのステージに立つアーティストだ。

そして次の日、美里さんは横浜アリーナまで、僕の姿を観に来てくれた。多分僕を観に来てくれたのは、あの広い会場の中で彼女だけだったと思う。その日茉由はまた、友人の結婚式があったらしくて来られなかったから。

ライブの当日は、観に来てくれていたのかどうかもわからなかったが、次の日に僕が渡していた電話番号に美里さんから電話があった。彼女はもう田舎に帰っているようだった。

「本当にありがとう」

美里さんの声には、駅のホームで話した時よりも、生き生きとした感情が感じられた。

「救われた。本当に感謝してる」

言葉が震えていて、まるで泣いているようにも聞こえた。

「ライブとか、音楽とか、避けてたんだ。恨んでたからかな。でも、すごい力だった。音楽だけじゃなくて、初めて大きな舞台に立つ緊張感とか、そういうヒリヒリしたものが伝わってきて、良かった」

それから、電話でしばらくの間話をした。

僕は電話があまり好きじゃなかった。よく知っている相手でさえ、顔が見えないから意図を判断するのに手間取る。そのはずなのに、美里さんとは長い時間話していられたし、とても穏やかな気持ちでいられた。

彼女はチケットへのお礼を繰り返し言った。あんなに素晴らしいものを無料で観せてもらって申し訳ないと言った。

「そちらは、どんな暮らしなんですか？」

僕はそんな風に、美里さんの暮らしについての抽象的な質問をした。

美里さんは少し笑ってから、具体的な生活の話をしてくれた。僕は美里さんの言葉の端々から、彼女の暮らしを思い浮かべた。

田舎の町で、一人で暮らしている女性。坂道の上にある三角屋根の家は、十分な大きさの山小屋然とした外観だ。朝には古いトースターで焼かれたパンと、挽《ひ》いたコーヒーの香り。最近パンに焼きムラができるが、古いトースターなので仕方がないのだとか。これから、収穫した美味しいお米ばかりを食べる時期がくるのだと。

手塩にかけて育てた作物がたくさんあるから、食べ物に困ることはない。できたものは近所の人に分けてあげて、近所の人も分けてくれる。ただ、農作業はとても体に負担になるし、手間もかかる。手伝ってくれる人がいるといいのに、と笑う。

玄関の扉を開くと、遠くに山々が見える。庭は今、青々と生い茂った葉に占領されているが、冬になるとその全てが落ちてしまう。

買い物が必要な時は、隣町まで自転車で行く。片道三十分で、坂道がきつい。冬は行けなくなってしまう。雪が降るから。これから少しずつ、農作業が落ち着いてくる季節だ。

二階にある部屋の一つが今空いている。子どもの頃は美里さんの部屋だったらしい。見上げた天井は、屋根の形どおりに傾斜している。事情があって、親はここにいなくて、一人で暮らしている。

僕は、想像した。もし自分が、東京での暮らしをやめて、彼女のいる場所で暮らすようなことがあれば。

僕はそこで何をするだろう。農作業を手伝い、一緒に食事をする。彼女の綺麗な瞳を見つめる。いくつか実用的で、気の利いた会話をする。しかしそれは全て、ただの想像の中の世界でしかなかった。そして僕が頭の中で浮かべている映像や会話も、結局それは、彼女の言葉から引き出された、自分の中にある抽斗《ひきだし》の中身を見ているだけに過ぎない。

コインの表と裏は、決して一つに重なることはない。美里さんが営んでいる田舎の暮らしは、まるで世界の裏側のように、今いる場所からあまりに遠く、あまりに現実的ではなかった。

彼女はあらためて僕に感謝の言葉を述べた。

「音楽に救われることが、またあるなんて、思いもしなかった」

僕は彼女の言葉で、自分がステージの上に立ったことの意味を、唯一確かに感じることができた。

「いつか、恩返しさせてね」

その言葉で、すでに恩返しされていると思った。僕は初めて、自分が音楽をする価値というものを、見出せたような気がした。

レコーディングは、明治神宮外苑《めいじじんぐうがいえん》の近くにあるビクタースタジオで行われた。スタジオはこれまで見たことのあるどんなレコーディングスタジオよりも広く、僕はその天井の高さに感動していた。六メートル以上ある曲面天井は、残響の音をもっとも効果的に残す設計になっているらしい。

プロの現場でのレコーディングは初めてで、いつもと違う環境に僕らは張り詰めた空気の中準備をした。テツは勝手に、ドラムのセッティングが変だと短気なエンジニアに怒られるんじゃないかという想像さえしていた。だけどそんなものは杞憂《きゆう》で、エンジニアをしてくれた森《もり》さんはとても優しい人だった。五十代くらいだと思うが、日焼けしたような少し黒い肌で、姿勢も良く年齢を感じさせない健康的な見た目だ。彼は過去にサザンをはじめとする、大御所のアーティストの音源まで手掛けてきた人だった。

ベースのアンプが置いてある小さな部屋とドラムを演奏する部屋の間には防音扉があり、テツと同時に演奏して録音することになった。

「最後のサビ前、一瞬ブレイク挟んだらどうかな。一回試しにやってみてよ」

森さんは音を録るだけでなく、アレンジのアドバイスまで積極的に、第三者の目線からしてくれた。僕らになかったアイデアが次々と出てくる。

「上手いじゃん。いいよ。その感じでもう一テイクやろうよ」

森さんにのせられて、僕らはテイクを重ねていく。レコーディングの雰囲気作りを大切にしてくれる人のようで、僕らは気持ち良く演奏できた。

〝Walking〟は特に演奏に慣れていたこともあって、アレンジが固まればすぐにOKテイクが録れた。コントロールルームで聴く録れたての音は、テツのドラムも僕のベースも、信じられないくらい太い音だった。マイクが違うのか、部屋の構造が違うのか、エンジニアの腕が違うのか。「いい音ですね」と僕が言うと「録れたてが一番いい音なんだよね」と森さんは言ってから「冗談。野菜じゃないんだから」と続けた。

だけど、そこからギターの音作りには時間がかかった。土台の上に乗るギターの音やフレーズが曲の印象を大きく左右するので、時間をかけてこだわらなければいけない。

「曲調は全然違うんだけどさ、レニー・クラヴィッツの〝Are You Gonna Go My Way〟みたいなさ、ファズギターも試してみようよ」

森さんはミキシング・コンソールの前に座って、背筋をまっすぐ伸ばして言った。

僕はそれがどんな曲だったのか思い出せずにいたが、ハルは森さんの意図を汲み取ってギターを鳴らしていた。森さんは横にいる蓮に「いいよね？」と一つずつ確認しながら作業を進める。蓮は基本的にノーとは言わず、どちらがいいかと判断する時には、しっかりと的確な言葉で意見を言った。どんどんギターが重なっていき、もともとあったデモからは大きな変貌を遂げていた。プロの現場はさすがだなと思った。

僕とテツは最初こそずっとギターの音の変化を聴いていたが、途中から飽きてしまって、一緒にスタジオの外のロビーに出た。テーブルと椅子の横には無料のコーヒーや紅茶などが用意されていて、僕らはカップにコーヒーを注いで、向かい合って座った。

「リズム隊、褒められたな」

「うん。嬉しいね」

テツが握りこぶしを突き出したので、僕はそこに握りこぶしをぶつけた。

「でも、〝Love and story〟のほうがむずいんだよなぁ」

次に録る曲の心配をテツはもうしていた。

「バラードだもんね。テンポが遅いから」

「簡単そうに聞こえるやつほど、実は難しいんだよな。ま、どんなこともそうなんだろうけど」

テツは急に意味深な言い方をした。多分、意味はないんだと思うけれど。

「あ、テツのツイッター、フォロワー増えてきてるね。ドラムの写真、評判いいじゃん」

テツのツイッターをチェックすると、安定してたくさんの反応が返ってきていた。さっきもドラムセットの写真を撮っていたので、きっと後でアップするのだろう。

「ありがとう。でもなんか、ドラマーって感じだよな。他にできることがあったらいいんだけど」

ドラマーだからそれでいいのにと思うけれど、テツはまだ何かを探しているみたいだった。真面目なテツらしいな、と思う。

「湊って、最初どうやってインスタのフォロワー増やしたの？」

「フォロワー多い人のアカウントを見て真似したよ。色々共通してる特徴とかあってさ」

「そうか……真似も大事だよな……」

とテツは呟く。

「例えば小説読んで、感想あげてくとかどう？　知的な感じがして、ギャップあるかも」

「えぇー、俺馬鹿だからそんなのできないよ」

「馬鹿なりの視点でいいんじゃない？」

「誰が馬鹿なんだよ」

「自分で言ったから」

自分で言うのはいいんだよ、と言いながらテツは冗談っぽく不機嫌そうな表情を作った。

僕は少しだけ、テツらしいものとはなんだろうと考えた。でもこういうのは、自分で見つけないと上手くいかないものだ。やらされると、どこかで見透かされてしまうから。

テツは黙って難しそうな顔をしている。自分にできることを考えているようだ。

「テツってそういう、真剣に悩んでいるところ、かわいいよな」

彼の真面目な表情を見て、僕は言った。

「かわいいって言うなよ」

「え、なんで？　褒めてるのに」

僕はそこまで言ってから、しまったと思った。前に蓮が言っていたことを思い出した。テツはかわいいと言われたら、怒ると。

「かわいいって言葉はな、自分より下に見てるものに対して使うんだよ。そりゃニュアンスってあるから、何から何までがそうじゃないけど。でも今のは、馬鹿にしてるように聞こえたぞ」

「……ごめん、そんなつもりじゃなかった」

テツはテーブルのほうを見ながら、まぁいいけど、と言うように小さく頷いた。

そこまで本気で怒っていないようで、助かったと思った。レコーディング中に喧嘩《けんか》なんてしたくない。

かわいいという言葉。僕は今までテツのように考えたことがなかったから、人の捉え方って面白いなと思った。

ああ、でも。

そうか。

僕はふと、茉由のことを思い出した。それから、そうだったんだ、と一つ合点がいった。

電車の中吊り広告で見かけた、国営昭和記念公園《こくえいしょうわきねんこうえん》の紅葉の写真が綺麗だった。ちょうど十一月である今が、ここのイチョウ並木の見頃らしい。

茉由と電話で話していると、彼女も同じ広告を見ていたらしい。同じ路線の電車を使っているので、そんなこともあるかと思う。

行こうと予定を立てたが、約束していた週末には雨が降ってしまった。じゃあまた来週にしようか、と話していたら、次の週も雨が降った。そうこうしているうちに、紅葉の季節を逃してしまった。

週末に会わないでいると、気がつけば茉由とは一ヶ月以上会っていなかった。僕はその間にレコーディングや歌Ｒｅｃの立会い、ミックス確認、さらに撮影スタジオでのアー写撮影など、ノベルコードとしての仕事で多忙だった。

録音した楽曲は森さんのミックスによって、さらにかっこいい曲に仕上がった。〝Walking〟は疾走感のあるノベルコードらしい曲で、〝Love and story〟はストレートな歌詞と力強いサウンドが魅力の重厚なバラードに仕上がった。

茉由のほうも、保育園は秋に大きな行事が重なるため、一年でもっとも忙しい時期らしい。遅くまで保育園に残って、運動会や発表会の準備をしているのだとか。

だからか、雨の日に久しぶりに家に来た茉由は、どこか疲れて見えた。僕が「何か観たい映画ある？」と訊くと、彼女は「んー」と言って、しばらく何も言わなかった。少し経ってから、今年公開されたばかりの「スウィンギング」という映画を観たいと言った。知らない映画だったが、役者の名前を見ると今旬の若手俳優がズラリと並んでいた。どうして話題にならなかったんだろう、と思うほどだ。内容はミュージカル・コメディ映画らしく、楽しい気持ちになれそうな映画だった。

いつものようにソファに並んで座って、映画を見始める。期待して観たのが良くなかったのかもしれない。時間が経つほどに、登場人物と自分の気持ちが乖離《かいり》していくような変な感覚だった。ミュージカルらしく、役者たちは歌ったり踊ったりをするのだが、主演の俳優の歌があまり上手くない。設定や話の展開にも細かく引っかかるところがあって、それが気になって感情移入できない。コメディという言葉を盾に、無理のある設定を押し切って完成させました、という印象だった。

「んー……」

最後までいまいち集中できないまま、エンドロールが始まった。唯一良かった点は、一時間半という短めの尺でできているところだった。

「なんか、微妙だったよね？　いいところもあったけど」

茉由も同じように思っていたらしかった。

「そうだね。歌がもうちょっと上手ければなぁ」

良くない映画を見た後は、どうしてこんなに時間を無駄にした気持ちになるのだろう。二人の間に、何か損をしたような空気が漂っていた。

「さすが、プロミュージシャンにもなると、歌のことに厳しいのね」

「ミュージシャンとか関係なく、みんな気になるでしょ。だからこの映画あまり話題にならなかったんだろうね」

僕の言葉に茉由は小さく頷いただけで、会話は終わった。これ以上良くなかった映画の話をしても無駄だと、彼女も思ったのかもしれない。

僕は立ち上がって部屋の明かりをつける。窓の外を覗くと、暗い雲が空に敷き詰められていた。もう随分寒い季節になっていて、今日は特に冷える。寒い日に雨が降ると、外に出ることさえ億劫になる。

茉由が家に来ている日は、いつも部屋が暗く感じた。それは、よく雨の日に彼女が家に来ているからだろうか。

「あそうだ、レコーディングした曲あるんだけど、聴いてみる?」

「え、聴きたい」

「まだどこにも出回ってない、貴重な音源だよ」

僕はさっきまで映画を観ていたパソコンを操作して、〝Walking〟を再生した。疾走感のあるリズムの上で、ハルのギターリフが響く。蓮が歌うAメロが始まり、Bメロ、サビへと展開していく。

まだこれからマスタリングという作業を残しているが、この時点で十分満足できる仕上がりになっていた。

「すごいね。これが来年発売されるんだ」

「うん。レコーディングして、ちょっとだけ実感湧いてきた。もう一曲、バラードのほうもあるから流すよ」

さっきの曲とは打って変わって、スローテンポのビートがパソコンのスピーカーから再生された。

「この前聴いた時とは全然違うね。違う曲みたいになってる」

「前はアレンジがアコースティックだったたからね。演奏のテイクも、いいのが録れたんだよ」

こっちの曲は特に、森さんのアレンジの提案とミックスで格段に良くなったと思う。

「スタッフの力ってすごいね。少し前に始まったばかりなのに。シンデレラストーリーみたい」

「バンドの実力があったんだよ。シンデレラだって、もともとの素材が良くないとそうはいかないだろうし」

「実力ねぇ」

茉由が繰り返す言葉に、なぜか棘《とげ》がある気がした。

「……何、喜べてないの？」

僕の言葉に、茉由はこちらを見た。久しぶりに、彼女の顔を見た気がした。

「なんか不満？　顔に出てるよ」

「……なんでもないよ。そんな心配するところも、かわいいね」

「かわいいって言うの、もうやめない？」

「なんで？」

馬鹿にされてるみたいだから。理由を言葉にするのも嫌だった。思えば、ずっとそうだったのかもしれない。彼女は立派じゃないと思える僕がそばにいることで、安心していたのではないだろうか？

「なんで、僕の良かったことを一緒に喜べないの？」

「……別に、遠い人になっていくのが嫌とか、そういうのじゃないんだけど……」

「わざわざ言わなくても、わかってるよ」

「ただなんか、上手くいきすぎてて、運が良すぎるだけの人みたいな感じにも見えて。本質がないというか」

言いながら、自分が言った言葉を見ないようにするみたいに、茉由はしばらく目を閉じた。

「でも茉由もノベルコードのライブ観て、すごいって言ってたよね？　蓮はすごいよ。あのTAKEだって認めてるんだから」

「じゃあ湊は？　そんなに何万人の前で演奏できるほどなの？」

「僕はボーカルじゃないから、僕にできることをちゃんとやる」

「天才ボーカルのメンバーになるって、楽な仕事じゃない？」

「楽ってなんだよ。僕も毎日仕事頑張ってるし」

楽な仕事。茉由は前にもそんなことを言ってた。

「仕事頑張ってるって……湊の仕事って何？」

「……どういう意味？」

彼女が何に引っかかっているのか、僕にはわからなかった。

「私、インスタのモデルでお金もらってた時あったでしょ？」

僕は小さく頷く。大学生の頃だ。

「私その時にね、この世界はおかしいなって思ったの。こんな遊びみたいな仕事して、普通の人よりもお金もらっている人がいるんだってわかって。ちゃんと辛い経験もして働かないと、人ってダメになるよ。そう思ったから、私やめたの」

「それは、茉由の考え方でしょ？　今時代はどんどん変化してる。それに合わせていかないといけないんだよ。今持ってるスマホだって、少し前までなかったものだし、インスタグラムの仕事なんて当然存在しなかった。新しい仕事やチャンスが、生まれてきてるってことだよ。それを見つけて働くのは、別に楽してるってことじゃない」

口から出る自分の言葉が、熱を帯びていくことがわかる。

「楽なことじゃない？　じゃあ実際湊の仕事はどうなの？　インスタって、一日どのくらい時間かかってるの？」

僕は言葉に詰まった。誰にも入られたくないところに、ずけずけと踏み込まれている気がした。

「ほら、大したことないんだよね。それに蓮くんが曲作ってる時間、バンドメンバーって暇なんでしょ？　湊はたまにスタジオ行って、何時間か楽器弾くだけじゃん」

「茉由は労働時間が長ければ偉いと思ってるの？　ってか、なんでそんなに噛み付いてくるんだよ」

「なんか、蓮くんにくっついてるだけみたいで、格好良くないなって思って。そういう人って尊敬できないよ」

「は……？」

僕がくっついてるだけ？　さすがにその言い方に腹が立った。

「……いや、ごめん。今私、仕事に余裕がなくて色々思っちゃって……。自分の労働時間と対価のこと考えたら。だからこの話はもう……」

茉由は謝りながら、疲れ切ったような表情をした。だけど言われっぱなしの僕は、そんな言葉じゃ気持ちは収まらなかった。

「ねぇ、仕事の希少性ってわかる？」

彼女は何それ、と言うより、また何か言いだした、というような顔を僕に向けた。

「能力に希少性があると、大事にされる。もらえる給料も増える。僕はインスタができてベースも弾けた。そういう人が他にいなかったから大事にされる。チャンスももらえる。だけど、茉由は違うでしょ。子どもの世話なんて、誰でもできることを仕事にしてるから、給料低いんだよ」

言わなくていいことを言ってる。自分でわかる。でも、どれだけ茉由が見当外れなことを言っているのかを、わからせたい。感情を押し付けてくる相手に、ちゃんと論理で打ち負かしたい。そんな思いが先行して、言葉は口から飛び出る。

「……ひどい。そんなこと思ってたんだ」

茉由は立ち上がって、勢い良く部屋の引き戸を開けた。まっすぐ玄関に向かって歩いていく。

ああ、終わるのだ、と思った。

離れていく彼女の姿を見ながら、僕はなぜか自分が高校に行けなくなった時のことを思い出していた。一人の部屋で、何をするでもなくただ目を閉じて、世界が自分を必要としていないという事実を、全身で感じていた時のことを。

茉由は玄関の扉を開いて、半歩踏み出してから、まだ部屋にいる僕に振り返った。

「雨が降ったら、彼女に映画を見せるくらいしか発想がなかったよね」

なんだか、間抜けなセリフだと思った。いや、間抜けだと思いたいだけかもしれない。大きな音と共に、玄関の扉が閉まった。扉を挟んで、世界が荒々しく二つに分断されたみたいだった。閉まった扉を見ていながらも、僕はまだ動けない。

なぜ僕は追いかけないのだろう?

暗い部屋で一人。心は乾き切っていて、体に行動を促すような熱はなかった。ドクドクと心臓が他人のもののように鳴っている。

なぜ僕は取り乱さないのだろう?

茉由にとって僕は、自分より上手くいってない、自分を安心させるための存在でしかなかったから。本当に必要とされていたわけではなかったから。いや、そんなことが理由ではない。

なぜ僕は追いかけないのだろう。本当の理由は、もっと虚しい。

僕にとっても、彼女でなければいけない理由がないからだ。彼女はただ、僕の中にある空白を埋めるだけの存在だった。僕は、自分に「彼女」がいるということで、自分を必要としてくれる人が、世界に一人でもいるのだということを形にしたかっただけなのだ。

空虚な関係の結果が、ただ目の前に現れているだけだ。暗闇の中佇《たたず》む玄関の扉は、僕が自分の力で開けられる重さではないように見えた。


年末の街は、色とりどりのガラス玉が入った箱をひっくり返したような、ざわめきときらめきが転がっていた。

そんな街を通り抜け、僕はノベルコードのリハーサルのために何度もスタジオに入った。練習しすぎで悪いということはない。なんと言っても、控えているライブはまさに僕らにとって晴れ舞台だった。

　カウントダウンジャパンの出演。初めてのフェスで、しかもメインステージは四万人という膨大なキャパだ。さらに、僕らはそのステージの上で、メジャーデビューの発表をする予定だった。ライブ後にはオフィシャルホームページが開設され、様々なニュースサイトに情報が流れる。

　みっちりリハーサルを重ねてやってきた当日、僕はスマホのアラームで、まだ太陽が昇る前の時間に起きた。朝が早いのは、僕らの出演がトップバッターだからだ。

　服を着替え、コートを羽織った頃に、やっと窓の外の空が白んできていた。

　明かりを消して薄暗い部屋を見たら、ふと茉由のことを思い出した。彼女とはあれから連絡を取っていなかった。どちらかが謝るとか、そんなことで関係が修復されるとも思えない。もし謝れても、謝っても、あんな言葉を交わした前に戻れる気がしなかった。考えてみれば、お互い浮気をしたわけでも、暴力を振るったわけでもない。言葉を交わしただけ。言葉というのは、浮気や暴力に匹敵するだけの力があるのだと思った。

　僕は家を出て、幕張まで向かった。駅前まで小林が車で迎えに来てくれていて、メンバーは揃って車で会場に入った。

　トップバッターもいいところがある。大抵のフェスは会場でリハーサルができない。だけど僕らは一番の出演なので、客が入る前にしっかりとリハーサルができるのだ。経験不足の僕らにとって、それは本当に助かることだった。大きい会場では特に、モニターを上手く作れないと気持ち良くライブができないのだと、前回の経験で知っている。

僕らの楽屋は、大きな空間をパーテーションで仕切った一つが割り当てられていた。

壁に貼り付けられたタイムテーブルには、知っているアーティストの名前がずらりと並んでいる。そしてその中のアースステージの一番上に「ノベルコード」という名前がしっかり刻まれていた。自分たちのバンド名だけが、なぜか輝いているように見えた。

小林に先導され、楽屋から出た正面にある、大きな部屋に移動する。その部屋の端には長いテーブルがいくつも設置され、様々な種類のケータリングが並べられていた。まだ朝早いのでほとんど人はいないが、テーブルの上の美味しそうな食べ物や飲み物を見て、一流のアーティストとして自分たちがここに迎えられているような気がした。

「おはよう」

壁際のテーブルに、僕らに向かって手を振っている男がいた。何人かのスタッフと一緒に座っているその人は、首藤さんだった。僕らは近づいて挨拶を返した。

「調子どう?」

「いい感じです。しっかりリハーサルしてきたので」

テツが素早く答える。

「落ち着いて、胸を張って演奏しなよ」

「はい。めちゃくちゃにやってきます」

蓮が強気に言った。

「もう今からリハーサルか？」

という首藤さんの問いには、横にいた小林が「もうあと五分くらいですね」と答える。僕らはこれからステージで音をチェックし、少し時間が空いて本番だ。

「頑張ってな」

僕ら四人はケータリングルームから、小林の後ろをついてステージに向かう。

「首藤さん、気合い入ってましたね」

たまたま四人の先頭にいた僕に、小林は言った。

「そうですか？　いつもどおりに見えましたけど」

「いえ、こんなことをアーティストに言うのもおかしいんですけど、あの人がリハから来るなんて、まずないですよ。しかも新人のバンドの。あの人が観てるってなると、業界の人もみんな注目しますからね」

そうなんですね、と言いながら、僕は考える。普通に接してくれているが、実はあの人はレコード会社の社長であり、音楽業界でも有名な人だ。そんな人が、直々に僕らを売ろうとしているのだ。

「お客さん、たくさん来てくれるといいですね……」

小林は心配そうに言った。僕らの出演は一番早い時間だ。だから、まだ全部の客が会場に集まり切っていない時間である。たとえキャパが四万人でも、そこまでの人が会場に来ていない可能性があるのだ。

それに、カウントダウンジャパンはたくさんのステージがあるフェスだ。同じ時間に、別のステージでもライブが行われている。タイムテーブルによると、僕らと同じ時間に隣のステージでは、ゴールデンボンバーがライブをしている。僕も客なら、まだ未知数のよく知らないバンドを見るより、楽しそうなそっちを観たいと思うかもしれない。

小林はマネージャーとして、無名のノベルコードに客が集まるのか不安になっているのだ。


本番前に前室となる別の楽屋に移動し、そこからステージ袖まで移動する。会場の構造上、袖までフロアの気配がよく伝わってくる。たくさんの人がいる場所独特の、反響する人の話し声や足音がしていた。言葉は聞き取れないが、確かにそこにたくさんの人がいる。

「やっぱりさ、これって現実じゃないような気がするんだよな」

さざめきの中、テツのぼやくような声が聞こえた。

「本番前に何言ってるんだよ」

僕は言った。

「だってさ、ノベルコードは少し前まで、まだライブハウス界隈《かいわい》ですごいって言われてたバンドだ。なのに、今これから、カウントダウンジャパンのアースステージだぜ。信じられねぇ」

テツの言葉は本当にそのとおりだった。横浜アリーナでライブした時もそうだ。風船のように姿だけ膨らむ一方で、中は空洞のままのような心許《もと》ない気持ちなのだ。茉由に言われた言葉が蘇ってくる。僕はただ運がいいだけで、本質が伴っていない人間なのかもしれない。

だけど、本番前にそんなことを考えたくはなかった。

「まぁでも、今日は全部イベントのお客さんだから、僕らだけを観に来た客じゃない。ってかいつかノベルコードは、ここでワンマンするんだよ。な、蓮！」

僕は最後の言葉だけ、蓮に聞こえるように言った。

「ん、なんて？」

「いつかここでワンマンもするんだよな」

「おう。当たり前だろ。これは通過点だって」

冗談めいた言い方だが、それでも力が出る。僕は蓮に、勇気の出る言葉を言ってもらいたかった。

「SEまで一分です！」

知らないスタッフが、僕らだけでなく、周りのスタッフ全員に聞こえるように言った。

「あれ……？」

僕は自分の指先が震えているのに気がついた。緊張している。いや、緊張というより、怖いのだ。どんな景色が広がっているのかもわからない。客がいることを約束された、これまでのライブとは違う。どのくらい人がいるのだろうか。たとえ僕らのファンが全員来ても、この広いフロアでは前の何列かが埋まるだけだ。客の中には、新人バンドがどんなものなのか品定めしに来ている、厳しい目を持った人もいるだろう。

「おーい」

聞いたことのある声が暗闇からして、僕らはそちらに振り返った。大柄の男が近づいてくる。それはもう客席にいるはずの、首藤さんだった。

「あれ、どうしたんですか?」

ハルが驚いて尋ねるが、一番驚いているのは横にいる小林だった。

「緊張してんの?」

「してます」

テツはなぜか元気良く答えた。首藤さんは笑った。

「お前らさ、いいとこ見せようと思うなよ。新人なんだよ。誰もお前らに期待してないし、見てないから心配するな。いつもどおりやってこい」

僕らを励ましにきたのだ。フロアに客がほとんど集まっていないのかもしれない。ステージに立って、気を落とさないように激励しにきてくれたのだ。

「誰も期待してないから、越えるハードルも何もないんだよ。お前らのライブなんて誰も見たことがないし、間違いとか、失敗も存在しない。やること全部が正解だ。わかるな?」

言葉が心に沁《し》みる。そうだ。僕は何をかっこつけようと思っていたのだろう。

「あとそうだな、クソ新人のお前らを観に来てくれた変わった客に、感謝してライブしろよ」

「はい！」

四人で返事をして、それから互いに顔を見合わせた。力強く、深く、同時に頷く。

「SEいきます！」

その時、スタッフが合図をした。声の後に、いつものSEが流れ始める。

僕らは息を整えて、袖から歩きだす。

照明に照らされ、光の中を歩いていく。

ステージの上から客席を見て、息を呑んだ。フロアの約半分以上が、人で敷き詰められていた。

何が、誰も見てないだ。これ、二万人以上観に来てるだろ。

幕張のステージから見る客席は面白いくらい平坦《へいたん》で、遠くのほうで人が歩いている姿や手を振る動作までよく見える。

気取らなくていい。自分らしくやる。

僕は言い聞かせながら、ベースを背負って客席に向いた。

「この時間に、この場所に来てくれてありがとう！　僕らのことを、選んでくれてありがとう！」

蓮の叫んだ声が、会場にこだました。歓声と拍手が響き、この音が自分たちに向けられているという事実に、僕は興奮を覚えていた。

テツの叫ぶようなカウントから、曲が始まる。

きらめく照明に照らされ、四人の音が会場に響き渡った。

夕方近い時間になってくると、イベントの出演アーティストやスタッフは勢ぞろいし、ケータリングスペースは賑《にぎ》わっていた。

様々な料理が置かれている横に、人が集まっている一角があった。そこにあるテレビモニターでは、アースステージで現在行われているライブ映像が映し出されていた。今はヒゲダンが、僕らが以前カバーしていた曲を歌っている。この次は同じステージで、あいみょんがパフォーマンスする。あいみょんは去年の紅白に出演し、ヒゲダンは今年の紅白に出演することが決まっている。あのステージで演奏するというのは、そういうレベルなのだということを思う。

そして僕らもそうなれるように、その第一歩であるメジャーデビューの発表をステージの上から行った。

「ノベルコードは来年の四月、メジャーデビューします！」という蓮の言葉は、万雷の拍手に迎えられた。「そして……来年の四月、東名阪、そして福岡でのＺｅｐｐツアーをします！」その発表の直後、割れんばかりの歓声が会場を包んだ。ここに来ているのは、別にノベルコードのファンばかりではないはずだ。なのにそのリアクションは、まるでずっと前から僕らのことを知っているファンのように熱かった。

これがフェスなのだ、と思った。みんなはここに楽しみに来ている。だから何か新しいことが起こると、その内容がなんであれ、しっかりと反応して楽しもうとしてくれる。

ライブの直後にはオフィシャルホームページもオープンした。自分のスマホで開くと「メジャーデビュー決定」というポップアップが出て、アー写とともにノベルコードのプロフィールが見やすくレイアウトされていた。「ノベルコード」という言葉は、ツイッターのトレンドにも上がった。全部僕が検索履歴から「ノベルコード」と打つと、追いきれないほどのツイートが並んでいた。全部のツイートに目を通さないと損な気がして、僕は必死で画面をスクロールし続ける。「おめでとう」という祝福の言葉から「バンドなんだ？」という、まだ知らない人までが話題にしていた。

ライブが終わってしばらく時間が経ってから、僕ら四人はケータリング部屋の、テレビモニターから離れた人の少ない場所で集まって座っていた。さっきまでそれぞれ幕張メッセの会場を歩いてライブを観て回っていたが、この時間に戻ってきて欲しいと小林に言われていた。

四人でケータリングのご飯を食べていると、首藤さんと小林がやって来た。

「あらためて、ライブは文句なしに良かった。本当にいいライブだった」

首藤さんは上機嫌だった。横に並んだ僕ら四人の正面に、テーブルを挟んで首藤さんと小林は座った。

「お前ら、今年はこれで仕事終わりなんだよな？」

「そうですね。首藤さんはいつまでですか？」

ハルが尋ねた。

「三十一日までだよ。紅白も顔出さないといけないしな」

さすが。業界の人だと、あらためて思う。

「ではここで、いいライブをしたみんなに、来年に関するいい報告が小林からあります」

おどけた調子で首藤さんが言った。まるで、サプライズプレゼントを隠し持っている彼氏のような表情をしている。

「え、なんですか？」

「小林、言ってあげて」

「はい！　メジャーデビュー曲である〝Walking〟が、なんと来年の四月クールからのドラマの主題歌に決まりました」

「マジですか‼」

蓮が驚く。

「約束してただろ？　ドラマの主題歌。さぁ、それだけではありません」

首藤さんがニヤニヤしながら、小林に言う。まだ何かあるらしい。小林は頷いて続けた。

「来年の秋に、武道館を押さえることができました！」

「ぶ……武道館？　まじで？」

テツが手にしているコップが震えている。

「はい。ノベルコードは、やっぱり持ってるんですよ。武道館なんて、来年は特にもっとも取れない会場の一つです。それが偶然のキャンセルがあって、こちらに回ってきたんです。Ｚｅｐｐツアーの最終日に発表したら、絶対に客のテンションは上がりますよ」

僕はまだ立ってもいないそのステージを想像した。蓮が「武道館！」と発表した瞬間、いっぱいの客席から大歓声が上がる。鳥肌がたつ。

「それにドラマのタイアップも、そう簡単に決まるものじゃないですから。今回は候補に他に大きなアーティストがいたので、新人では難しいと思ってたんです。ですが、プロデューサーに高校生の娘さんがいたそうで、その子がノベルコードのバズった動画見てたみたいで。これから絶対くるバンドだってノベルコードを推してくれたのが決め手だったみたいです。娘さんに感謝ですね」

信じられない。偶然。いや、バズったのは僕らの力でもある。僕らはしっかりチャンスを掴んできている。

「今日、誰かも知らないお前らにあれだけの客が集まったんだ、発表した時のみんなの反応も見ただろ？　みんな旬のバンドに興味が湧くんだよ。これから何かが起こる、ってのが好きなんだ。だから、俺たちがちゃんとその道筋を作ってやる。メジャーデビューはまだでも、お前らはある意味、今日世に出たわけだ。ここからは、話題を切らさずにいることが大事だ。デビューのタイミングで売れるのが、バンドは一番理想だからな」

首藤さんは熱弁した。こんなタイアップがあって、盛り上げる道筋があったら売れないわけがないと思った。話題にならないはずがない。

テレビモニターから、今年のヒゲダンのヒット曲が流れていた。

「今年ヒゲダンがヒットしたみたいに、来年はノベルコードだ」

首藤さんはモニターに一瞬視線を送ってから、そう言った。

「来年は、ノベルコードの年になります。ってか、します」

小林も力強く言った。流れていた曲が終わり、モニターの中で、四万人の観客が拍手を送る映像が映っていた。


僕らが初めて牧田さんの家を訪れた日。僕は久しぶりにベースを肩に背負って、その重さを感じた。弦は少し錆びていたが、音は問題なく鳴った。

牧田さんはドラム椅子に座って、十八インチの一回り小さなバスドラムを踏んだ。それから叩きだしたリズムパターンに、僕は即興でベースを合わせた。久しぶりだったのに、思ったより指は動いた。生でリズム隊のセッションを初めて見るサトルの目には、僕らの演奏が格好良く映ったらしい。バンドを、やりたいと彼は言ってくれた。

「冬くらいにさ、ライブというか、ちょっとした発表会しようよ。目標があったほうが楽しいでしょ?」

　美里さんの提案に、牧田さんも乗り気だった。

「いいね。せっかくだからお客さん呼ぼう。この入り口辺りに椅子並べてさ」

「サトルくんも、学校の子とか来てもらったらどうかな。見てもらいたいでしょ?」

　サトルは、どちらともつかないような調子で苦笑いしていた。ともかく、僕らは冬にみんなの前で演奏することを目標にして練習を始めた。

　まずは、サトルが好きだと言ったディランの〝Blowin' in the Wind〟を僕らは演奏することに決めた。バンドアレンジで演奏するために、一九八六年にボブ・ディランが行なったツアー音源を参考にすることにした。トム・ペティ&ザ・ハートブレイカーズと一緒に回ったツアーを収録した「Across The Borderline」という音源に、〝Blowin' in the Wind〟のバンドでの演奏があった。もちろん、サブスクでも聴くことができる。

　美里さんがギターのフレーズを耳でコピーして、少し簡単にアレンジして弾いてみせる。サトルに直接教え、あとは見本の動画を撮って、自主練習させるようにした。僕も美里さんと一緒に牧田さんの家を何度も訪れたが、あの年代の集中力はすごいもので、日に日に上手くなっていった。

　サトルはいい声をしていた。ディランを真似て歌った少しかすれた声も、独特の味を出していた。何度も歌って自分のものにしたのだろう、英語の発音も綺麗だ。

　美里さんはリードギターとコーラスを担当した。僕と牧田さんも、それぞれ音源を聴いてフレーズを覚える。シンプルなフレーズなので、僕ら大人は弾けるようになるのに、そう時間はかからなかった。

美里さんの家の納戸に続く通路には本棚が置いてあり、そこには古い小説がいくつも置いてあった。スコット・フィッツジェラルドやレイモンド・チャンドラーなどアメリカの作家が多かったが、そこに混じってディケンズの小説があった。僕はそれを夏の頃からもう一度読み返していた。良い小説は、読むタイミングによって新しい発見があるものだと思う。美里さんはここにある本のほとんどを読んだことがないと言ったので、僕がいくつかおすすめを見繕った。

それから夜は二人とも、眠くなるまでリビングでよく小説を読んでいた。

「家族は？」

ある夏の夜に、美里さんは本を読みながら僕に尋ねたことがある。僕はその言葉が、僕に向けられたものなのか、物語に向けられたものなのか一瞬わからなかった。なぜなら、それが僕の生い立ちや過去について、美里さんが初めてした質問だったから。

「ちゃんと、生きてるってことは伝えてます」

と僕は答えた。

「仲良かったの？」

彼女は、さらにそう質問した。僕は自分の過去についてここでは話してはいけないのだと思っていたし、同時にそれは、美里さんの過去についても気軽に訊く権利がないのだと思っていた。だから美里さんの踏み込んだ質問は、とても新鮮に思えた。

僕は自分の家族のことを掻い摘んで話した。積極的に関わってこない父のことや、僕を甘やかす母のこと。無関心と、ある意味で過干渉の間での暮らし。

美里さんは話を聞きながら、まるで話の中の僕と今の僕を照らし合わせるように、思慮深い表情で僕の顔を見つめていた。

「美里さんは、家族、どうしたんですか？」

僕はその流れで、思い切って美里さんの家族のことも尋ねてみた。

美里さんは、自分の深いところに立ち入らせない、独特の人との距離感を持っていた。どれだけ近づいても、本当の姿は違う場所にある蜃気楼《しんきろう》みたいに。それもあって、僕は彼女の過去を上手くイメージできなかった。僕にとって、美里さんは生まれた時から今の美里さんだったようにしか思えなかった。子どもだった頃のことはもちろん想像できないし、親がいるのだということさえ疑いたくもなる。

しかし同時に、農作業や料理をしている時の、不意に見せる動きの癖のようなものは、やはりそれを教えた人がいるのだということを感じさせた。

「私は昔から、お母さんと二人だったから。そのお母さんも、二年前に急に出ていっちゃった。自由な人だからさ」

美里さんは語り始めた。

「連絡あるんですか？」

「ないよ。でも、気持ちはわかるんだ。過去の全部を捨てて、新しい自分になりたいって思うことって、あると思うんだよね」

「……そうですね」

僕もそれは同じだ。だけど大人になると、責任という言葉が付き纏い、簡単にはできないことでもある。

美里さんは、いくつか子どもの頃の母親とのエピソードを話してくれた。ソラマメの収穫のタイミングを畑で教わった時のこと。トマトに水をやりすぎて根腐れさせて怒られたこと。料理の仕方、生きていく力。母親の自由な人となり。だけどそのどれもが、まるで天空に浮かぶ城の話でもしているかのような、現実味の薄い話だった。その原因は美里さんの話し方ではなく、僕の想像力の欠如の問題なのかもしれない。自分が育ってきた世界と、あまりに環境が違いすぎたから。

「あと、私は東京に祖母がいて、小さい頃に母と一緒に会いに行ったことがあった。その時、初めて見た都会の景色に圧倒されたのを覚えてる」

初めて新宿駅で会った時。彼女は祖母の葬式だと言っていた。

「あの日は、祖母のお葬式の日だった。私は東京にいた間に何度か会っていたから。大切な人がいなくなったこともそうだけど、自分と東京を繋ぐものが、もうなくなったなって思って。あと、会えるかなって思っていたお母さんも、結局来なかった」

「……自分の母親のお葬式に来なかったってことですよね？　ひどくないですか」

「ひどいと思うよ。でも、二人の間にも色々あったんだよ」

そう言って、美里さんは一度口をつぐんだ。

「っていうか、おかしいよね。葬式に参列した次の日にライブに行くなんて」

「すみません。誘った僕も、どうかしてました」

「いいよ。私はそんな状態だったから、声を上げたり、手拍子とか、そういうことは気持ち的にできなかった。だからこそっていうのかな。なんだか泣けてきて。自分の心の奥底に、音楽で感動する心が、まだ生きてたんだって思って。家に帰ったら、久しぶりに音楽を聴くようになった。そしたら暮らしに彩りが出たみたいに、気持ちも明るくなって。音楽のことまで、嫌いになる必要はなかったんだって気づいた」

美里さんの家には、かなり年代物のＣＤプレイヤーがあった。よくそれで音楽を流しているが、もしかすると、長い間使っていなかったのかもしれない。

「美里さんは、どうして音楽をやめたんですか？」

出会った頃に、昔東京に出て音楽をしていたという話は聞いていた。

「私はここで育って、中途半端に都会のいいところを見ていたから、夢が大きくなっていたんだよ」

そう語り始めた美里さんの瞳は、ずっと遠くにある景色の光を反射しているみたいだった。

「歌がいいって評判だったし、この息苦しい田舎を飛び出して、有名になってやろうって思ってた。東京に行ってからも、正直、誰にも歌で負けてるとは思わなかったよ。だけど……」

彼女はそこで一度区切った。慎重に、適切な言葉を探しているようだった。

「私は多分、本当にそれで生きていく覚悟がなかったのよ」

「覚悟、ですか？」

「そう。音楽で生きていくってことは、つまり音楽を商売としてやるってこと。私はその覚悟が足りなかった。汚いところもたくさんあるでしょ？　自分がしていることを、いかに大きく見せるかって世界だから」

美里さんの苦悩を、垣間見た気がした。こんな性格の人は、あの場所に向かないと、僕は思った。

「農作業と農業の違いもそうなんだよ。私は農作業をして、自給自足はできると思う。でも、農業ってなると、人に売る商売だから、もっと覚悟を持たないといけない。私は多分、何をするにも商売をする才能がないの」

初めて、美里さんの弱々しい顔を見た気がした。

今思うと、最初に僕のことを質問してくれたのは、彼女なりの、自分の過去を話してもいいというサインだったのかもしれない。

いつものように練習が終わって、牧田さんに車で家まで送ってもらった。

もう外は夕方になるとかなり寒くなっていて、二人とも上着を着ていた。冷えた空気が冬の記憶を連れてくる。もうしばらくすると、雪が降るのだと美里さんは言った。

僕はずっと黙って歩いていた。踏み締める地面はどこまでも落ち葉が敷き詰められていて、パリパリと音を立てた。

僕は乾燥した自分の唇の皮を、歯で噛んでめくった。歩きながら、去年のことを思い出していた。楽器を弾くようになると、やっぱり色んな記憶が駆け巡った。東京のことや、バンドのこと。

「どうしたの?」

僕の顔を覗き込んで、美里さんは尋ねた。いつもと違うと、感じさせてしまったのかもしれない。

「なんか色々、思い出すんですよね」

ここに来て、ずいぶん時間も経った。最初の頃は、この坂をのぼるだけで息を切らしていたのに、今は平気になっていた。

「同じ人生だからね。どこまで行っても、切り離せないこともある」

「美里さんは、思い出すことないですか?　東京のこと」

「もちろんあるよ。でも、私は地元がここだし、東京にいい思い出は少ないから」

美里さんも急な坂を、全く疲れた様子を見せずにのぼっていく。

ふと、道の端に数本並んだ枯れ木に目が留まった。たとえ春が来ても、もう葉をつけることのない木。

「僕は、たまに、逃げてきたのかなって思うんです」

「……そんなことないんじゃない。それは、選択の問題」

「いえ、僕は逃げる癖があるんです。昔からそうでした。時代の変化に追いつけず、心が適応できず、空想の世界まで逃げてきたんです」

美里さんは首を振った。

「私はね」

坂をのぼり切って、もう家は目の前だった。

「東京の人たちを見て思ったのは、あの人たちはあるものを右から左に動かしてるだけなんだよ。それで、何か仕事をして立派になったような気持ちになってる。売れたとか、売れなかったとか、そういうことばかりで、人が幸せになったかどうかなんて気にしてないんだよ」

真剣な顔で、美里さんは続けた。

「田舎のことを馬鹿にして、食べ物が作られたところも見たこともないくせに。私に言わせれば、都会の人のほうが空想の世界で生きてるよ」

僕はこんな風に、何かに対して憎しみのような感情を抱いている美里さんが、とても意外だった。

「そう言って、東京を悪く言って、美里さんだって逃げてきたのかもしれない」

「私は……」

家の玄関まで来ると、家の向こう側の空が、夕陽に染まって赤く燃えているようだった。

美里さんはたっぷり時間をかけ、言い返す言葉を呑み込むようにしてから言った。

「私も、そうなのかもね」

少しだけ悲しそうに微笑んでから、彼女は玄関の扉を開いた。


年が明けた。今年は、ノベルコードの年になる。僕らはそう固く信じた。

カウントダウンジャパンのステージでライブをした時のあの感覚が、大観衆の声援が、僕らのために集まった群集の景色が、体の中でずっと熱を持って残っていた。

感覚。記憶。思い出。

だけど、それらは時間が経てば薄れていってしまう。確かな感覚のはずなのに、ふとした時に、あれは夢だったのではないかと思うことがある。

でも今の僕にはスマホを使って、ただの思い出としてだけでなく、形に残るものとしてそれを確かめることができる。インターネットの中にいる僕を開くと、過去に僕が言った言葉や、そこに返ってきた言葉が羅列されている。日々投稿したツイッターやインスタグラム。そこに付随する数字はどんどん大きくなっていった。フォロワー数。いいねの数。リツイートの数。大きくなり始めると、まるで斜面を転がる雪玉のように膨らんでいく。

思い描いた未来。それ以上のものが目の前にあることが、目で見て感じられた。

僕らの年明けの最初の仕事は、プリプロと呼ばれる作業だった。プリプロは新曲のアレンジをしていく作業のことで、小林に教えてもらうまで、そういう名前があることも知らなかった。アレンジを固めてスタジオで簡易的に録音したものを、来月首藤さんに聞いてもらう予定だった。僕とハルとテツの三人でスタジオに入り、曲のアレンジを詰めてひたすら練習をした。蓮は残り数曲の作詞作業に入っているところで、あまりスタジオに来ず、グループラインの中でアレンジのやり取りをしていた。

一月の間、僕は週に二日ほど、いつもの代々木ノアで音を鳴らした。仕事としてのスケジュールはそれだけで、それ以外は特に何もしていなかった。バイトは昨年辞めていたし、インスタグラムもあまり更新しなかった。レイモンドに行かなくなると、服のことを考える時間も減ったからだった。

ブランドからの依頼は来た時だけ、小林を通して引き受けた。先方が宣伝してほしい服を着て、写真を撮って投稿したが、それにかかる時間もしれている。去年茉由に言われたとおり、僕がしているこの作業はそんなに大した仕事でもないのかもしれない。

時間がある今、もっと何かをしたいと思ったけれど、外の寒さがやる気を阻んでいるようにも思った。年末にフェスに出た時に、出会った人や出演者たちのツイッターのフォローをしていたが、一月の間はどのアーティストもツアーなどはなく、ＳＮＳの世界も静かだった。

だけど、そんな風に僕が何もしていなくても、状況は動いていた。小林からノベルコードに関する報告の連絡が来ていた。

四月のＺｅｐｐツアーのチケットが発売された。東京は即完、大阪も八割、名古屋と福岡は六割のチケットが売れているらしかった。「春にはドラマもありますし、当日までには余裕でソールドアウトします。これはマジですごいと思います」と興奮気味のラインだった。

僕は「嬉しいですね」と返した。だけど、それだけの人数が実際にライブに来るためにチケットを購入しているという事実を、本当の意味で実感するのは難しかった。

プリプロ作業は基本的に順調だったが、小さな波が立つこともあった。それはいつもスタジオに蓮が来た時で、今回その波を立たせたのはテツだった。

代々木ノアでリハーサルをした後、二階のロビーに座って軽くミーティングをしている時だった。

「ここの歌詞なんだけどさ、ちょっと意味が伝わりにくいと思うんだよね」

蓮があげてきたアルバム曲の歌詞に、テツが指摘をした。

「特にサビの頭はフックがいるって言われてただろ？　もっといい言葉ないかなって思うんだよね。蓮らしいなって思うような」

「例えば？」

テツの言葉に、蓮は冷静な態度で返した。

「例えばって……俺は蓮じゃないから、わかんないよ。作詞者が自分で考えてほしい」

ああこの言い方は、蓮、キレるなと思った。だけど、僕の想像よりも蓮は落ち着いていた。

「ハルと湊はどう思う？」

蓮は僕らに顔を向けて言う。ハルが答えた。

「んー、テツの言いたいこともわからなくないけど、らしさってのは俺もちょっとわからないかなぁ。もし蓮が大丈夫なら、サビの頭だけ違う言葉が入るパターンを書いてみるのはどう？　もっと良くなるかもしれないし」

「そう。じゃあ湊はどう思う？」

間を開けずに、蓮は僕に尋ねた。

「蓮が書きたいって思ったものならそれがいいんじゃないかな。もしハルが言ったみたいに、違うのも書けるならそれも……」

「よしわかった。サビの頭だけ違うパターンも出してみる。それでテツが満足いくのがあったらそうしよう」

蓮が言って、小さな波は嵐にならずに済んだ。

テツはきっと、作品をより良くしようとしているのだと思う。だけどテツのことをすでによく知っている僕には、蓮に負けたくないという思いが強くあるせいでそう言ってるように見える節もあって、複雑な気持ちになる。

僕らは立ち上がって、帰る支度をした。僕は肩にベースを背負う。

「なんかさ、あれ怖いよな」

ハルが、ふと言った。それから次の言葉まで間があった。

「……何が?」

僕はみんなを代表するように続きを促した。

「なんか、中国で流行ってる感染症? みたいなやつ」

「ああ、コロナウイルスだっけ? なんかテレビでやってるな」

蓮がそのことか、という様子で頷いた。ここのところ、連日ニュースになっていた。中国の武漢《ぶかん》という都市が、ロックダウンされたのだとか。

「昔、サーズとかマーズとかそんなんあったじゃん。そういうのじゃないの?」

蓮は言いながら、エレベーターのボタンを押す。扉の上の表示を見ると、上の階からなかなか動く様子がない。僕らは諦めて階段へと歩きだす。

「ってか俺、この冬インフルかかってないんだけど」

「お前、毎年かかってるもんな」

ハルの言葉に蓮が言う。

「毎年じゃないよ。二年に一回くらい」

「それでも多いって」

蓮に言われて、なぜかハルは照れたように笑った。

## ♯4 冬に鳴る音
(includes 冬の裏側の世界)

二月中旬に、アルバムの楽曲を最終的に決める打ち合わせがあった。僕らはその日までにアレンジを仕上げ、蓮も歌詞を書き上げてきた。

前と同じ、S-Recordsのミーティングルームに集まった。小林からこの日の朝、「マスクをつけてきてください」という連絡があった。

メンバーは予定の五分前に事務所に揃った。配られたメンバー分の水のペットボトルには、S-Recordsと印刷されたラベルが巻かれていた。小林はスピーカーから、曲を流すチェックをしている。

前の打ち合わせが長引いていたらしく、首藤さんは十分ほど遅れてやってきた。マスクをつけて入ってきた彼はとても忙《せわ》しない様子で、椅子に座るなり「じゃあ聴かせて」と言った。

曲を流している間も、首藤さんはスマホでメールを打っていて、集中して聴いてくれているようには見えなかった。だけど全部の曲を聴いた後に、どの曲が良くて、どの曲が今回は違う、と端的にアドバイスをした。

「アルバムのタイトル、『Story of Music』なんかどうかな。ノベルコードというバンド名に合ってるし、一曲目が〝Walking〟というのも、主人公が進んでいく意志みたいなものに見えてくる気がするんだよな」

まだ誰もタイトルまで考えられていなかった中、そこまで考えてくれていた首藤さんに、僕は感心していた。「いいですね」と蓮が言う。

「まだ時間あるからもう一考してもいいかもな。俺も考えるからさ」

そう言って首藤さんはすっと立ち上がった。

「曲が出揃ったから、曲順も考えてみないとね。とにかくみなさん、今は体調気をつけてください。今日はお疲れ様」

僕らも立ち上がって、首藤さんに頭を下げる。彼は時間を気にしながら、足早にミーティングルームを出ていった。

「……首藤さん、なんか機嫌悪かったですか?」

僕は小林に言った。

「いえ、そんなことないと思いますよ。単純に忙しいんだと思います。むしろ、みんなの前であまりそういうところ出さないようにしてたくらいで、びっちりスケジュールの詰まってる社長ですからね。スタッフミーティングの時は、大体あんな感じですよ」

僕らのこと以外にも、考えなければいけない案件がたくさんあるのだろう。短い時間でも、アドバイスやアイデアを出してくれたのはさすがだった。

「曲、意外とあっけなく決まったなぁ。嬉しいことだけどさ」

蓮はどこか拍子抜けしたようだった。

「とにかく進みましたね。今日はもうあまり出歩かずに、早く帰ったほうがいいかもしれません」

「コロナ、結構変な感じになってきてますよね。目に見えないし。……日本も危ないんじゃないのかな」

テツがボソリと言った。新型コロナウイルスのニュースは、連日メディアを賑わしていた。日本でももう感染者が出ているらしい。風邪くらいの症状だと言っている人もいるし、中国のように、日本でもたくさんの死者が出ると言っている人もいる。一体何が真実かわからない。

「本当にどうなるんだろうな。ってかどんなに気をつけても、中国人はたくさん日本に旅行に来てるし、どうしようもないよな」

怖いけど、蓮の言うとおり本当にどうしようもない。来月になると、状況は変わっているだろうか。結局気にしすぎだったよな、と笑っているのかもしれない。


一日、一日が過ぎるごとに、コロナウイルスに関する新しい情報は更新された。僕が思っている以上に、世界は速い速度で悪い方向へ変容していった。

正体不明のウイルスの感染力は凄まじいようで、外出することが危険であることをメディアは訴えていた。一方で、そこまで危険ではないという専門家もいて「インフルエンザのように空気感染するのであれば、もうとっくに広まっている」という意見もあった。不安ばかりを煽るメディアを見ていると、何が正しいのかわからなくなる。

そんな中、二月二十五日と二十六日に、オーケーロッカーズのドームツアーの東京ドーム公演があった。大阪、福岡、名古屋と回ってきた彼らは、この二日間の東京ドームがツアーの締めくくりだった。去年末、幕張で首藤さんに「観に来るか？」と言われた僕らは「是非！」と答えた。普通にチケットを買って観にいきたいと思っていたライブに招待で入れるなんて、同じレーベルに所属している特権だと思った。

僕らは二十六日のファイナル公演に行く予定になっていた。コロナウイルスの影響が懸念されていたが、前日は無事にライブが行われたらしい。当日の昼にも、小林から「本日は十八時十分に関係者入り口に来てください」とグループラインに連絡があった。

世の中の状況と照らし合わせると、ライブに行くことに不安はないとは言い切れなかった。だけど、僕らも去年から楽しみにしていたのだ。それに、いまいちウイルスが広まっているということに実感がなかった。誰か知っている人が感染したという話もない。

しかし十五時頃に、再度小林から連絡が来た。「本日のオーケーロッカーズの公演、残念ですが中止になりました」という連絡で、その下に、中止の発表をしている公式サイトのページに繋がる

URLが添えられていた。

ライブの当日に、開催の必要性を検討するようにと、国からの要請があったらしかった。しかし、ドーム公演を当日中止させるなんて簡単にできることではないはずだ。あまりに規模が大きすぎる。僕はやっと、今この国に起こっていることの重大さを身を以て感じた。

そして同時に、目の前で起きているこの信じられない出来事に、僕は不思議な高揚感を感じていた。それは決して嬉しいなどという短絡的な感情ではなく、非現実の世界に足を踏み入れてしまったような、不安と緊張による高まりだった。

いても立ってもいられなくて、僕はすぐにメンバーにラインをした。

テツはもう家を出ていたらしい。まだ家を出ていなかった二人も、そのまま家でじっとしていられない気持ちは一緒だったようで、僕らは新宿で落ち合うことになった。

電車に乗っても、街を歩いても、どこもいつもと変わらない人通りで、これだけ人が集まっているのに、なぜ東京ドームはダメなのか納得がいかない。ツイッターを検索すると、遠方からすでに会場近くに集まっている人がたくさんいたようだった。東京ドームは五万人規模なのだから、日本全国からファンが集まっているだろう。二日間ともチケットを買って、昨日宿泊した地方組もいたはずだ。昼頃からグッズの販売は始まっていて、販売の列もあったらしい。このタイミングで中止というのが、ますます納得がいかない。

奢るから落ち着いたとこにしようぜ、と蓮が言って、新宿三丁目駅近くにある静かな喫茶店に集まった。老舗《しにせ》の喫茶店であるそこは、地下には広い空間が広がっていて、ボルドー色のソファが古めかしい空気を醸し出していた。奥の壁の一部が暗い鏡のようになっていて、その鏡の横の席に四人で座る。僕はなぜか、大学生の頃に行った古いラブホテルを思い出していた。

広げたメニューはコーヒーの横に七百円と書かれていて、テツが「高っ」と言って二度見していた。コーヒーを四つ、白のシャツと黒のパンツにエプロンをした中年の店員に注文すると、すぐに運んできてくれた。

「当日にライブ中止とか、やばいんだけど。チケットの払い戻しとか、どれだけの損失なんだよって」

テツがまるで自分のことのように言った。彼はジップアップ・パーカーの中に、オーケーロッカーズの去年のツアーTシャツを着ていた。家を出た時は、ライブへの期待を募らせてウキウキしていたのだろうと思うと、なんだか虚しい。

「俺、来る途中に計算したんだ。チケット代が八千円で五万人だろ？　単純計算で、四億円の損失……」

ハルがスマホの計算アプリの数字を見せつける。

「やば。全然ピンとこねぇ。七百円のコーヒーが高いって言ってる俺はなんだ。しかも蓮の奢りで」

「東京ドームは誰も奢ってくれないもんな」

蓮がため息まじりに言う。高いコーヒーをすすってから、言葉を続けた。

「さっきここに来る途中に、小林さんと話したんだ。三月はもう、会社的にどのバンドもライブ中止だって。実際、知ってるバンドもみんな延期か中止してる。ニュースになってたけどさ、大阪のライブハウスで感染が広まっただろ？　ライブハウスは、もうしばらくダメみたいだな」

「え、俺たちのツアーはどうするんだよ。四月なら、まだ大丈夫だよな」

「今はまだ判断は保留だって。わからないけど、四月は収束してるかもしれない。ってかできないとヤバいしな。……とりあえず中身だけでも考えとくか？」

僕らは今ある楽曲を並べて、セットリストとやりたいことを考えていった。Ｚｅｐｐ規模のライブなのだ。今まで観てきた、憧れのミュージシャンと同じライブの演出だってできる。

「こうさ、後ろにバンド名を書いたでっかい幕つけたいんだよな。バックドロップってやつ」

テツは指先で大きな四角を空中に描きながら言った。

「かっこいいとは思うけど、ずっとあるのも古い感じしないかな？　最初はそれがあって、後半はＬＥＤライトがあるとか」

ハルが言う。

「まぁでも……曲順ありきで考えたほうがいいのかもな。一曲目、どうしよっか」

「そりゃやっぱ〝Walking〟だろ。メジャーデビュー曲だし」

蓮の言葉にテツが返す。だけど、ハルがぽつりと呟く。

「メジャーデビューも……できるのかな……？」

前提としていたものが崩れていく。みんな、ライブの内容を考えているようで、どこか集中し切れていない感じがした。まるで目の前のことだけを見て、先の不安を紛らわしているみたいだった。

少し前まで抱いていた、真っ白に輝く未来への希望が、今は暗雲に覆われ鈍色《にびいろ》に染まっていた。


三月になって、首藤さんから電話がかかってきた。メンバー一人一人に、直々に電話しているらしかった。内容は、四月に行われる予定だったＺｅｐｐツアーを延期にするということだった。

「こういう状況だし、来るお客さんも不安だろ？　だから本当に楽しめる時に、延期したほうがいい」

もっともだと思ったから、わかりました、と僕は言った。

だけどもともと予定していたとおり、音源だけは出すことにする、と言った。つまり僕らはメジャーデビューはするのだ。スタッフ同士で話して、それが最善だと判断したらしかった。

「ファンのみんなだって、不安な思いしてるんだよ。音楽は誰かを幸せにするためのものだろ？　ライブは仕方ないけど、こんな時に楽しみにしてた音楽までなくなったらファンもかわいそうじゃないか？」

それも、もっともな意見だと思った。

「逆に、みんな家にいる時間が長いから、普段よりダウンロードしてくれる可能性だってある。だけどCDショップは行きにくいから、夏のアルバムは未定で、状況を見て判断しよう」

首藤さんは一つも間違ったことは言っていなくて、それが僕らの今できる最善の策だと思った。悔しくても、ウイルスのせいだから、全部仕方のないことだった。


不要不急の外出は控えるようにと、小林からも言われていた。言われなくとも、これだけメディアが騒いでいるのに、わざわざ出かけようとも思わない。

デビューにあたって、いくつかの雑誌や情報サイトの取材があったが、みんなで集まるわけにもいかず、蓮が代表してリモートで受けることになった。他にもいくつかの媒体のQ&Aに文章で返すこともあったが、基本的にノベルコードのスケジュールは全部とんでいた。

何もやることがないので、部屋で映画を観ることにしようと思った。前から人に勧められて、まだ観ていなかった映画を検索し、順番に再生する。だけど集中力は続かないもので、一日に二本観られても、三本目はよほど面白くないと最後まで観ることができなかった。

世の中の人たちは、何をして過ごしているのだろうか。外の世界と完全に遮断されていれば、僕はもっと集中して映画を観ていられたのかもしれない。だけどスマホを開くと、嫌でも外の情報が入ってくる。これ一つで家から出るよりも、ずっと多く外のことを知ることができる。

解消されない満員電車のことが話題になっていた。こんな状況で感染が抑えられるわけがない、と唱える人がいた。僕はそんなことより、普通の仕事の人はみんな働いているんだ、とあらためて思った。

俳優やミュージシャンは、収入がなくなっている人が大勢いるようだった。国に補償を求めるために署名を集める人もいた。それについても、特定の職業だけを特別扱いするなと批判が集まっていた。みんな、他人が優遇されるのは納得いかないのだ。僕も、必死で補償をもらおうとしているその人たちの姿を見ると、不安定な職業を選んだのは自分なのに、自分勝手なことのようにも感じた。でもそれは、僕が契約どおりに毎月給料をもらっているから、そう思うだけなのかもしれない。

三月末に小林からの連絡があって、会社でミーティングすることが決まった。こんな時に会社に来させるなんて小林らしくないなと思ったが、どうやら蓮が会ってミーティングすることを無理やり頼んだらしい。僕は単純に、外に出かける理由ができて嬉しかった。

事務所のミーティングルームに、ノベルコードの四人と小林は全員マスクをして集まった。

「会社もテレワーク中で、こうやって集まるのも本当は許可がいるんですから。とりあえず、首藤さんには言わないでくださいよ」

小林は心底迷惑そうに言った。

「なんか、デビューを盛り上げる企画とか、そういうの考えてないんですか?」

「企画ですか？」

はぁ、と少し呆《ほう》けたように小林が言う。

「だってメジャーデビューはするんですよね？」

「はい。今のところ予定どおりです。動けなくても、人は音楽を聴くだろうというのは首藤さんと同じ意見です」

「じゃあ小さいことでもいいから、何かしないと。ツアーがなくなって、新曲披露する場所がないなら、どうやって曲をプロモーションするんですか？　ってか、そういうことをスタッフがちゃんと考えないと、所属してる意味ないいんだけど」

「蓮さんの気持ちもよくわかります。だけどリリースの次の週からドラマの放送がありますから、逆に今みたいな状況が追い風になるかもしれません。みんな家にいますし」

確かに、地上波で僕らの曲が流れるのは大きな影響力があるだろう。ドラマがヒットすれば、曲もヒットする。ハルとテツはどちらが何を言っても小さく頷いていた。僕もそうした。

「それに今、下手に動いてるアピールをすると、こんな時期に何してるんだっていう反応もあると思います。東日本大震災の時だってそうでしたよね？」

「震災と今は違いますよ。今はまだ音楽が生きてる。盛り上げる余地はあります」

「でも、みんな中止とか延期とかしてますよね？　ライブが原因で人を殺すかもしれないんですよ」

「だから、俺はライブしようって言ってない。なんか盛り上げる方法は別にあるだろって話をしてるんだよ」

噛み合わない話に蓮の苛立ちが見える。こんな状況になって、初めて気づく。小林は多分、蓮の頭の回転についてこられるタイプではない。

「何かピンチをチャンスにする方法はないのかって話。例えば無観客ライブ配信とか」

他のアーティストでもやっている人はいた。見てくれる人はいるだろう。

「無観客配信って、スタッフは集まらなきゃいけないんですよ。それは危険だとは思わないんですか？　配信だって、二人や三人でできるものじゃないです。ライブ配信はカメラを入れる分、普通にライブするよりも費用がかかるんですから……」

「でも、チケット代取れますよね？　こんな状況だし、みんなきっと払ってくれる」

「どうですかね？　お金払ってまで、ネットでライブ見たいですか？　それよりもしっかり延期することで、次やる時の感動が大きくなりませんか？　中途半端にライブしても、伝えたい感動は半分も伝わらないかもしれません」

「それはやってみないとわからないだろ？」

小林は残念そうに首を横に振った。

「あの……正直なところ、一年目のみなさんにそこまでの予算もないです。Ｚｅｐｐツアーだって、会場のキャンセル料だけで何百万円とかかってます。会社全体でも、全アーティストのライブをキャンセルしてます。入るはずだった額で言うと、すでに二十億以上の損失が出てるらしいんですよ。本当に、それどころじゃないんです」

小林も、一応論理立てて言葉を返す。言われた莫大《ばくだい》な金額に驚かされるが、今話すべき論点とはずれている気もする。

「仕方ないしか、本当に言えないです。恨むならウイルスとか、政府のやり方を恨まないと」

政府のやり方。どんどん話が逸れていく。最近SNSでは、政治のことがよく話題に上がっていた。

「……じゃあSNSで何かできないかな？　もうみんな結構してるけど……」

ハルがおそるおそる、穏やかな調子で話しだした。

「メンバーもみんなアカウントあるし。デビューの日に、家で演奏している動画を繋ぎ合わせてあげるとか」

「うん、そういうのいいな。それは絶対にやろう」

蓮がハルを指差して言う。

「俺はどうすればいい？」

テツが言った。確かにドラムは家で演奏動画が撮れない。

「Rolandのドラムパッドとかで叩けばいいんじゃね？　ってか当て振りでもいいよ。見てる人はわかんないだろうし」

テツはちょっと不満そうだったが、ここでは何も言い返さなかった。

「そういうの、いいと思います」

小林が言った。勝手に考えてしてください。そう言っているみたいだった。

「みなさん知らないと思いますが、四月頭に東京がロックダウンされるという情報も、テレビ局や関係者の間で流れてます。報道でありましたが、今ニューヨークは本当にひどいことになっています。日本もこれだけ人が外出してますから、来週再来週とかに同じ状態になってるかもしれません。感染したら、みんな死ぬかもしれないんですよ?」

小林は、本当に怯えているようだった。

この非常時に、何バンドの話をしてるんですか、と言いだしそうな雰囲気だった。


四月になった。

東京がロックダウンするというのはデマだったらしく、数日後には官房長官の記者会見で否定されていた。ただ、ロックダウンはしなかったが、緊急事態宣言は出るのだという報道はされていた。

そして、僕らのメジャーデビュー日である四月八日の、その前日である七日に、緊急事態宣言が発令された。

どのメディアも、世の中はコロナウイルスの話題一色だった。

僕らはSNSで「こんな時ですが、ノベルコードはメジャーデビューしました！」と発信した。配信での発売なので、仕組み上、日付が変わった0時にリリースとなる。そのタイミングで、準備していた演奏動画もアップした。僕ら四人がそれぞれ自宅で演奏する姿が、四分割で見えるようにテツが編集してくれた動画だった。ファンの人たちは喜んでくれて、動画は拡散され、すぐに再生回数も伸びていった。嬉しい感想がいくつも届き、昨年から準備してきたものをやっと届けられたという、小さな達成感はあった。

だけど、僕らは何を発信するにも「こんな時ですが」と一言つけなければいけない空気だった。検索すれば「今の時期にデビューとか、タイミングかわいそう」という、僕らを哀れむ言葉も、やはり見受けられた。その人たちの心配どおり、僕らのデビューの話題は、緊急事態宣言のニュースによって、バケツで墨をぶちまけられるように塗り潰されていった。

次の日には、またネガティブな連絡が小林から入った。

来週から放送予定だった、僕らのデビュー曲が主題歌になっていたドラマは、放送が延期されることが決まったということだった。

「残念ですが、テレビ局の事情なので……。延期ですので、いずれ放送はされます。結果、より話題になる可能性もあります」

ノベルコードは、持っている。

そう言って喜んでいたのが、馬鹿みたいだと思った。ただのウイルス。それだけなのに、僕らのやろうとしていたものは全部なくなっていった。思い描いていた未来は、これほどまでに脆いものだったのだと思い知らされた。

「今は、とにかく家にいましょう。何かできることがないか、会社でも案が出たらやります」

小林からはそんな連絡が来ていた。だけど、会社から何か案が出ることなんてなかった。会社の判断は、何もかもが遅いように感じられた。こんな状況で新人のアーティストに何をやらせればいいのか、誰も判断がつかないのかもしれないと思った。

レーベルの先輩であるオーケーロッカーズは、すぐにリモートで動画コメントを収録し、毎週末に過去のライブ映像を配信することを始めていた。彼らは過去にアリーナやドームツアーを何度もやっているので、映像作品がいくつもある。ファンの人たちも家にいる時間が長いからなのか、動画は毎回十万人以上の人が観ていた。僕も週末が楽しみになっているファンの一人だった。

しかし、最初は楽しめていたはずのライブ動画が、徐々に観ていても落ち着かない気持ちになるようになってきた。同じミュージシャンなのに、僕は一体何をしているのだろうか。こんな時だからこそ、逆に今しかないチャンスを見つけなければいけないのではないだろうか。

ＳＮＳの中で行動を起こしているミュージシャンはたくさんいた。誰かがあげた弾き語りの曲に伴奏やコーラスをつけるなどの企画は、そこら中で始まっていた。みんな考えていることは同じだった。

何かをしなければと焦る気持ちが膨らむ一方で、そうした一連の出来事を、どこか冷めた目で見ている自分もいた。みんなが同時に同じことをしている姿や、必死に動画をあげている姿が、なんだか格好悪いことのように思えた。「こんな時だから」「今だからできることは」そんな枕詞とともに、無料で消費されていく音楽にも違和感があった。コロナウイルスに負けない、という趣旨で作られた歌は、すぐに飽和状態になった。オンライン上の有名アーティストたちの奇跡のコラボレーション、というのも当たり前のようにあふれだし、ほとんど同じに見えた。

四月の二週目に、蓮から連絡があった。「グループ通話で、メンバーみんなで話そうぜ」と言ってくれた。ラインのグループ通話をするのは、初めての経験だった。画面の中にメンバーそれぞれの姿が映し出される。みんなはそれぞれ半袖のバンドTシャツなど、普段とは違う部屋の中での格好だった。

「湊、髪伸びたな」とテツに言われ、初めてそうだと気がついた。壁にもたれかかって話すハルも、金髪がプリンの状態になっていた。蓮がハルに「家の中見せろよ」と笑いながら言ったが、やはり見せてはくれなかった。

「もうさ、会社の早さに合わせてたら、バンドが潰される」

という言葉から、蓮は語り始めた。

「俺な、もう、ちょっとやばいと思って首藤さんと直接電話で話したんだよ」

「何を？」

ハルが言った。画面の中でわずかに首を傾げている。

「俺らの金のことだよ。給料だけじゃ少なすぎるだろ。音楽業界はＣＤを売る時代はとっくに終わって、ライブとか体験を売る時代に変わった。でもこうやってコロナで体験を売ることも禁止されてる今、アーティストはネットで体験を売らないといけない」

「ネット?」

僕は言った。

「ＹｏｕＴｕｂｅチャンネルを作って、そこで演奏して稼ぐんだ」

「あれ。でも契約上、そのお金って事務所にいくんじゃないの?　名前を使って稼いだら闇営業になるって……」

「本来はそう。それに、事務所はまだＹｏｕＴｕｂｅとかをアーティストがやることを想定してない時代の契約書しかないから、利益をアーティストに分配できない。だから俺たちも含めて事務所に所属してるアーティストは動きが遅いんだよ。自分で手間かけて動画作っても、事務所に取られるだけだから、誰もやらない。それで直接俺が首藤さんと話して、好きにしろって言ってもらった」

「好きにしろ?　それほんとに大丈夫なのか?」

「大丈夫。ってかそんなんどうでもいいよ。こっちも生活がかかってる」

「どうでもよくはないだろ。今首藤さんに嫌われたら、俺ら何もできないぞ」

画面の中で、テツがうろたえているのがわかる。

「この前だって無理やりミーティングして、小林さん困ってただろ……？」

蓮は首を横に振る。

「なんで小林があまり新しい提案をしてこないのかわかったんだけど、あの人、ただの無能なサラリーマンなんだよ。マネージャーって俺らと同じ感覚でいてくれてると思ったけど違う。首藤さんに褒められる以外のことはやらないんだ。自分から何か提案しても仕事が増えるだけで、自分の得にならない。極論、ノベルコードが売れなくても別にいいんだよ。いなくなったら次のアーティストに担当が移るだけだし。そんな人の言うこと、聞く意味あると思う？」

三人とも黙った。何も返す言葉はなかった。

「今を逃したら、このバンドは終わりだって。俺たち今が旬なんだよ。もっと危機感持ったほうがいい。バンドの旬って、それを逃したらやばいんだよ」

「……俺は蓮に賛成かな」

ハルが言った。

「首藤さんから一応許可をもらってるなら、何やってもいいんじゃないかな。今会社の判断待ってると遅いだろうし。ＹｏｕＴｕｂｅなら、スパチャもできる」

「スパチャ？」

僕はハルの言葉を繰り返した。ハルよりも先に蓮が答えた。

「スパチャは簡単に言うと、ＹｏｕＴｕｂｅでやる投げ銭のこと。今、活動できなくなってるバンドがかわいそうだからって、投げ銭でお金払ってくれるファンも多いんだよ。ハルの言うとおり、ゆくゆくは生配信してそれもやる」

「投げ銭……？　お金直接もらうってこと？」

僕は思わず言った。

「もう綺麗事はいいって。実際なら大々的にデビューして印税もしっかり受け取れるはずだったのに、それもなくなってるんだ。俺だって別にボランティアで音楽やってるんじゃないんだよ。大ヒットした後ならまだしも、今はまだ金がない新人バンドだ」

蓮はそれが、目標へ向かう最短距離だと信じているようだった。

「でも、投げ銭ってなんか抵抗あるんだよなぁ」

テツが言った。同じことを思ってくれている人がいて良かったと思った。

「だから、もうその考え方は古いんだよ。アイドルなんてめちゃくちゃやってるんだぞ。女の子が喋りながらゲームして、それで何百万円ってスパチャもらうこともある。才能のないやつでも金もらえるんだよ。俺たちなら、ちゃんとそれでやっていけるレベルになる。俺を信じろって」

俺を信じろ。以前、デビュー前にも彼はそう言っていた。そしてその結果、このバンドは大きくなった。なのになぜか、譲れないラインがある気がした。自分が自分で、何にこだわっているのかわからない。

「あのさ……」

ハルが言った。

「俺だって、いつまでもこんな家に住んでるのも嫌なんだよ。このままじゃ、引っ越し費用も稼げない。みんなには関係ないかもしれないけど、俺奨学金の返済もできてないんだよ。ちょうどこんな状況ならスパチャで稼ぐのも理由があるし、今始めるべきだと思う。お金もらえたら、もっと仕事を頑張るモチベーションにもなるし」

テツは「んん……」と唸る。納得し切ってはいないようだった。

「湊はどう思う?」

「僕は……」

僕は迷っていた。まだ、何かに引っかかっていて、すぐに答えられなかった。

「また、何も言わない感じ?」

「え?」

できた沈黙の隙間に、蓮が言った。

「湊ってそういうとこあるよな。傍観者ぶってるというか。黙ってて、ちょっと高いところから俺たちを見てるみたいで」

「そ、そんなつもりないよ」

そんなつもりはなかった。でも、無意識でそうなっていたのかもしれない。僕は慌てて意見を言う。

「……僕は、投げ銭は反対かな」

言ってから思う。僕はこれまで一度も、バンドの活動について意見を言ったことがなかった。自分の意思を、表現したことがなかった。

「どうして?」

「お金を直接もらうのは、格好悪い気がする」

「格好悪い?　みんなやってるのに?」

「……でも俺たちはそういう女の子じゃないし……そのレベルまで魂売るのってどうなんだろうって」

「でも湊だってインスタで金稼いでるじゃん。人のこと言える?　ファンに広告見せて直接お金もらってるんだろ?　それだって十分格好悪いし」

蓮の言葉に、ガツンと強く頭を殴られたみたいだった。

「いや、インスタはそんなつもりじゃ……」

画面の中の、僕を見る蓮の目が、とても冷めているように見えた。

蓮の言うことは間違ってはいない。仕組みとして、僕はSNSで人に広告を見せてお金を稼いでいる。ノベルコードのメンバーになったことで、それはより、ファンに広告を見せて利益を得る仕組みになっていることもわかっていた。わかっているけど、そんな風に思わないようにしていた。

でも、投げ銭だけはそれともまた違う気がする。そうやってお金を受け取ることが、どうしてこんなにも格好悪いと思っているんだろう。どうして僕は、自分で引いたこのラインから足を踏み出せないんだろう。

時代に、合わせられてると思っていた。だけど、本当は……。

そう思った途端、僕がずっと感じていた違和感が何かに気がついた。

きっと僕が一番、この時代が嫌いだったんだ。格好悪さに、気づかないふりをできる人が得をする時代が。

目の前の四角い画面の中にいるメンバーが、まるで自分とは違う時代にいる人たちのように見えた。

「嫌なら、とりあえず俺とハルでやるよ。やりたくないやつは、もう何もやらなくていい」

蓮はそう言った。足踏みしてるやつを置いていってでも、とにかく前に進もうとしているのがわかった。


アルバムの発売は状況を見て、来年にする可能性もある。そんな連絡があった。ライブもできないのに音源を出す価値が少ないからということだった。当然武道館のライブも中止になった。そもそも発表していないことなので、ファンに伝える必要はない。しかしその落胆を外に発散できないことで、落胆はより純粋な失望として手元に残った。

たまにくる小林からの連絡は悪い知らせばかりで、通知が来るたびに気持ちが沈んだ。

何か一つくらい明るい話があってもいいのに。そう思いながら、だらしなく続く時間の中、僕は部屋で一人ぼんやりとSNSを見ていた。これだけフォロワーがいても、何も投稿しないとなんの通知も来ないものだ。思い出したように、時折一番上のツイートにいいねがつく。

ツイッターのトレンドを見ると、政府の対応やそれに対する批判が飛び交っていた。流れてくる情報は感情的なものが多く、誰も正しさの判断はできていない。感情に感情は煽られ、ひたすら政府の対応の全てに批判的な言葉を垂れ流している人もいた。政治家でさえそうで、新しい提案などあるわけではなく、ただ後出しで批判しかしない人たちばかりにも見えた。

メディアは正確な情報を伝えることよりも、注目を集めることを優先し、情報を切り取って都合のいい見出しをつけていた。より注目されることで、彼らはお金がもらえるから。しかし扇動された人々の心は疲労し、消耗していく。

気がつけば、興味のなかった政治について調べている自分がいた。怯《おび》えていた小林の顔を思い出す。音楽のことよりも、生き方の根幹を考えなければいけないような気持ちに、僕もなっていた。

ツイッターのタイムラインを見ると、たった今、蓮がYouTubeに動画をあげたらしかった。再生してみると、ハルがアコギを弾き、蓮が歌う〝Walking〟が流れ始めた。それぞれの家で奏でられる美しいギターの音と、力強い歌。以前バズった時のような瞬発力は、今回はないかもしれない。でも、歌を届けるその姿は、客観的に見てかっこいい気がした。「家にいる時間の救いになります」というファンからのコメントが、僕にはとても眩しかった。

僕にできることってなんだろう。

インスタグラムもしばらく投稿していなかった。こんな状況で、古着を買おうとする人はいないし、宣伝したがる人もいない。

僕にできること……。

ツイッターの画面をスクロールすると、新しいツイートがタイムラインに表示された。

「コロナのどさくさに紛れて、国はおかしな法案を強行採決しようとしています。みんなで声を上げないといけません」

言葉の後には、トレンドに上がっているハッシュタグが貼り付けられていた。

それは、確かに自分のタイムラインの中のツイートだった。よく知っているアイコン。まさか、どうして。

持っていたスマホに、ラインの通知がきた。ノベルコードのグループ通話だった。

着信したのは、蓮だ。出ると、画面に蓮が映っていた。

「湊、見たか?」

「ツイッター?」

「うん。テツ、やばいだろ」

そう話したところで、テツが通話に参加した。

「おいテツ、やばいって。ツイート今すぐ消せよ」

「は？　なんで？　国がこんなことしてるって、蓮も知らなかっただろ？　正しいことはちゃんと発信していかないと」

「正しいってお前がなんでわかるんだよ。政治関係だけはやばいってわかるだろ」

「いや、だっておかしいだろ。今回のことだけじゃない。蓮は国に対して何も思わないのか？　こんなにコロナ流行らせて、しかもライブは中止要請。音楽業界は潰されたようなもんだろ？　補償もないし、補償されたって、俺たちみたいなバンドは、今しかないチャンスを完全に潰された。俺たちは旬を逃したんだよ」

「だから、今できることを考えてやろうって言ってるんだろ！」

一瞬電波が悪かったのか、蓮の声が変な音になって反響する。

「音楽は蓮が発信すればいい。俺ドラマーだから家で叩けないしな。でも、みんなも言ってるけど、今は声を上げることが大事なんだよ。俺たちの生活が、声を上げないとめちゃくちゃにされるから……」

蓮は舌打ちをした。話が通じないことに苛立ちを感じているようだった。

「テツ、冷静になってよく考えろ。お前の生活と政治、関係ないだろ？」

「関係ないって思ってる時点で、蓮は浅はかだよ。沈黙は賛成と同じだ」

どこかで聞いたり読んだりしたことをそのまま言っているのか、テツらしくない言葉ばかりだった。

「違うって。お前は今、自分が上手くいかなくなった鬱憤《うっぷん》を政治にぶつけてるだけなんだよ。暇だからつまんないネットの記事とか見て賢くなったつもりなんだろ？　ダサいんだよ。持て余した暇と不安を政治に向けるな。あんなハッシュタグは、馬鹿を炙《あぶ》りだす機能なんだよ」

「……話が合わないな」

「別に話が合わなくていいよ。ただお前の発言で、バンド全体がそういう意見持ってるみたいに思われると困るんだよ。何もしないなら、マジで何もするな。俺の足を引っ張るなって」

その言葉に、テツは少しトーンダウンしたように見えた。

「でも……」

「マジで、どうなっても知らね」

蓮はグループ通話から抜けた。三人から二人になって、テツの画面が大きくなる。

テツはどこか気まずそうに、カメラの前で俯《うつむ》いている。

「……僕もわからない。政治のことは……」

「だって、湊も言ってただろ……？」

僕の言葉の途中で、テツはぽつりと言った。

「何を?」

「フォロワー増やしたかったら、フォロワー数の多い人の真似しろって」

「言ったけど……」

「多い人って、政治の話してるんだよ。簡単に注目されて、仲間が増えるから。ほら、見ろよ。俺のツイートも、もう九百リツイートもされてる。これまでの最高だよ。知らない人に知ってもらえるって、いいことなんじゃゃないかな」

テツは、真面目なんだ。だから彼なりに考えて、彼なりの正義でやったんだ。

突然画面が、また三分割される。

「……ごめん、遅れた。いつからやってた?」

寝癖で髪の毛がボサボサのハルが、呑気に通話に入ってきた。


数日後に、今度は首藤さんから電話があった。

「何してる? 今メンバーに順番に電話してるんだけどさ」

いつもと変わらない、体格の割に高い声。なんの用事かわからない電話は、正直怖い。画面に、相手が電話をかけた用件が表示されればいいのにと思う。

「ちょっと前にな、蓮から話聞いて、もうバンドで好きにしたらって言ったんだよ。なんか聞いた？」

「はい、聞いてます」

「そうそう。音楽業界はしばらくこんな状況が続くと思うんだよね。ノベルコードはアイドルじゃないし、リモートで話してる姿とか見せても意味ないなって俺は思うんだよ。だから、マネジメントとしてちゃんと利益になる活動ができるのは収束してからだ。でも、ライブハウスはもう今年中は無理だろうなって俺は思ってる」

　首藤さんの声には諦めが滲んでいるように聞こえた。

「蓮はそれで、ＹｏｕＴｕｂｅをするって……」

「そうそう。俺もＹｏｕＴｕｂｅはいいと思うんだけど、契約上メンバーにそのまま分配するのは難しいんだよな。でも蓮の不満もわかるよ。会社が作ったわけでもない動画で会社が儲けるのはおかしいって」

　蓮は、首藤さんにそんなことを言っていたらしい。

「で、色々考えてくとさ、一年間、ノベルコードは契約とか気にしないで、自由にしたらいいいんじゃないかなって思うんだよ。おじさんのスタッフがこんな時に新しいことしようって考えても、大したアイデア出ないんだよね。だから、若い君らが好きなようにしたらいい」

　なんだか、急に突き放されているような気がした。蓮が他に、首藤さんに何を言ったのか気になる。

「まぁ、いい機会だし自分たちでやるってのがどんなもんなのか、試してみたらいいんじゃない。大きいところでライブして調子乗ってるかもしれないけど、現実を見てみたらいいんだよ。君らを応援してるスタッフも、俺がやるって言ったからみんな一緒にやってるだけで、俺が手を引いたらみんなやらないかもしれないし」

去年、オーケーロッカーズのツアーの打ち上げ会場で、話しかけてきたたくさんの人を思う。小林もそうだ。みんな、影響力のある首藤さんがノベルコードをやると言ったから、一緒にやっているだけなのかもしれない。

それにしても首藤さんの言い方は、あんなに僕らのことを褒めていた同じ人とは思えなかった。

「湊は、蓮とハルと一緒にＹｏｕＴｕｂｅやらないのか？」

「僕は……なんか違う気がして」

言った後の、沈黙が怖かった。

「一人年間二百四十万。四人で約一千万」

彼が言った数字がなんのことか、すぐにはわからなかった。

「ノベルコードの給料だよ。君らが何もしなくても会社は一千万円も払ってるってこと、忘れんなよ。何もやる気が起こらないなら、社員として働くって方法もあるんだよ」

「社員ですか？」

「そう。S-Records のスタッフ業務をやるってこと。まぁ、自分でちょっと考えてみな」

「……ありがとうございます」

電話が切れた後、僕は何を話したのか整理するのに時間がかかった。スタッフとして働く。会社側としてもアーティストをスタッフにするのは、新しい人件費をかけずに人手を増やすのに、ちょうどいい方法なのかもしれない。

喉に強い渇きを感じて、僕はキッチンに行って水を続けて何杯か飲んだ。結局自分が何をすればいいのかわからないままで、何もしていないない自分が露呈しただけな気がした。

茉由からの電話があったのはその夜だった。画面に表示される名前を見て、懐かしく、甘い記憶が一瞬蘇った。

「久しぶり」

あんなことがあってからずっと話していなかった。舌足らずな話し方には、どこか安心する響きがあった。

「急にどうしたの?」

「なんでもないの。こんなことになったから、大丈夫かなって」

一応、一人暮らしをしている僕を気にかけてくれているようだった。

「なんとか、暮らしてるよ。大変なことになったね」

「本当に、まさかこんなことになるなんて、誰も想像してなかったよね。ずっと家にいるの？」

「うん、いるよ。そっちは？」

話しながら、誰かとこんな風に普通の話をしたのはいつぶりだろうかと思った。仲の良かったメンバーがこんな状態になっている今、世間話さえしばらくできていなかった。

「私もずっと家にいるよ。湊、仕事は？」

「仕事は……」

僕は、ライブが延期になったことや、年内の活動が厳しいことを話した。音楽業界は、みんな大変な状況であるということも。

「えっ、そんなことになってるんだ……。それって結構やばくない？」

「そうだね。まさかこんなことになるなんて……」

「やばいね……これからどうするの？」

「わからない。どうしようもない」

「それはやばいね……」

やばい。そう繰り返す茉由の言葉を聞きながら、僕はふと気がついた。

「インスタはできてるの？」

「インスタは……」

彼女は、僕のアカウントをフォローしているはずだ。ノベルコードがライブを延期していることも知っているはずで……。

「……また落ち着いたら再開しようかなって」

彼女は、全部わかっていて訊いているのかもしれない。わかったうえで、直接聞きたいのかもしれない。

「そっちの仕事は？」

「私はほとんど休みだよ。限られた保育園が開いてるだけだから、そこで職員が交代で働くの。職員はたくさんいるから、出勤する日は少なくて済んでて。今月もほとんど仕事してないんだけど、でも私公務員だから、給料はそのままもらえるの。だから、正直そんなに困ってない」

「……保育園って、そんな感じなんだ」

「うん。でも民間はどうしてるんだろうね。すごく大変だと思うけど」

私立の保育園のことを、彼女はよく「民間」と言う。その言葉の響きに、公務員試験を受かって保育士をしている自分とは違うのだと、強調しているような響きがある。

「だから私はこんな状況で、むしろ休みでラッキーって感じかな」

彼女は、こんな時でも変わらなかった。

電話の目的は、よりを戻したいとか、そんな甘いものじゃない。

茉由は自分より上手くいっていない状況の人と、話したかったのだ。その話を聞いて安心したいのだ。

誰も余裕がない。本当に誰も。

そんな風に思う自分もそうだ。

人の醜いところばかりが見えてくる。


僕はSNSの更新をしばらくやめていた。

何かをしないことで、誰かの注意を引くことができないのは、もうわかっていた。これだけたくさんの人が発信している中で、たった一人更新をやめても、気にする人など誰もいない。僕の発信なんてなければないで、世の中は平気で回っていく。

だけど、ただ一人だけ僕のことを気にしてくれる人がいた。

榊原さんから久しぶりに連絡がきていた。

「大丈夫か?」というメッセージがきて、何回かやりとりをした後「店に来いよ」と言われた。レイモンドは時間を短縮して店を開けているらしい。こんな状況で外出を誘う人は、榊原さんくらいしかいないだろう。

何週間かぶりに外に出た。驚いたことに、外はもう春が訪れていたようで、暖かくて穏やかな気候だった。ただ道を歩いているだけなのに、自分が変なことをしているような気がして周りの目が気になった。分厚いトレーナー・シャツを着てきたから、少し歩くと首のまわりに汗が滲《にじ》んでくる。人がどんな状況であろうと、春は関係なくやってくるのだと思った。

レイモンドに着くと、榊原さんは店の入り口にあるトルソーの横に座り込んで、マスクを顎にかけてタバコを吸っていた。去年の同じ頃にも着ていたヨットパーカーを羽織っていて、あごの髭はマスクからはみ出すくらいに面積が広がっていた。

「よう」

榊原さんはそう言って、座り込んだままその場から動かなかった。だから僕もその横に座った。人と人がこんなに近い距離にいることが、とても危ないことのような気がした。榊原さんは何も気にしていないように、指に挟んだタバコの火を見つめていた。

「どうよ、バンドは」

「バンドは……」

今の状況を、どんな言葉で表現すればいいんだろう。

「無茶苦茶になってしまいました」

言ってみてから、とても適切な言葉だと思った。僕の言葉に、榊原さんは微かに笑ったみたいだった。タバコの煙が、彼の顔にまとわりつくように広がった。

「タバコ吸ってましたっけ?」

「やめてたんだよ、ずいぶん長いこと。でも久しぶりに吸ったら、悪くないなって思って。暇をつぶすのにもってこいだ」

「暇なんですか?」

「おう。人、来ないんだもんな」

榊原さんは、少しだけ子どもっぽい口調で言った。

「やっぱり、そうなんですか」

「外出するなって言われてるのに、服なんか買わないよな。しかも誰が触ったかもわからない古着なんて、ウイルスついてるかもしれないし、気分的に嫌だよな」

「……店の中に入るのも、勇気がいりますからね」

メディアを見ていると、他人と距離を取れない室内に入ることは、とても危ないことのように感じる。

「店さ、一回畳もうと思うんだよ」

「……え?」

少し間があってから、どうして僕はその可能性があることを一度も考えなかったんだろう、と思った。

「そんなにやばいんですか?」

「もともとギリギリでやってるのは知ってるだろ? うちは高級ブランド扱ってるわけでもないから、利益率が高いわけでもないし。何よりここ、家賃高いんだよな。ちょうど契約更新の時期なんだよ。だから、まぁいいかって」

彼は吸っていたタバコを、地面に擦り付けて火を消した。胸のポケットから取り出した携帯灰皿に、面倒くさそうに入れる。

「……補償される制度とかありますよね。そういうの使わないんですか？」

「当然考えたけど、遅い遅い。キャッシュがないから持たないんだよ」

なんて声をかければいいのかわからない。店を閉めるということは、どのくらい大変なことなのだろう。榊原さんにはなぜかあまり悲愴《ひそうかん》感がなくて、僕は実感を持てずにいた。

「……コロナにかかるよりは、いいですよね」

「それがさ、多分俺な、かかかかからないんだよ」

「なんですか、その自信」

意外な言葉に、思わず小さく笑ってしまった。

「いや……逆に、今のタイミングで感染でもしたら良かったんだよ。人に話せるエピソードにもなるし。で、治療が終わったらメディアに出て、それでも古着という文化を絶やさない、とか言ってクラウドファンディングでもするよ。……だけどな、そんな都合良くかかりもしないんだよ」

もともと表情の少ない人だった。だけど、榊原さんの顔にはいつにも増して表情がなくて、冗談で言っているようには見えなかった。それが怖かった。

「ドラマチックさのかけらもない。真綿で首を絞められるようにゆっくり死んでいくんだよ。誰も知らないうちに、ひっそり店を畳んで終わり。よくある話の一つで、片付けられて終わりだ」

雲のない真っ青な空からは、必要以上に眩しい光が僕らに注いでいた。春。もうしばらくすれば、自動で夏もやってくる。

「そんなことないです。クラウドファンディング、集まると思いますよ。世の中の人はわかってくれますよ」

ふ、と榊原さんは僕の言葉に息を漏らした。

「湊、世の中はもっと厳しいぞ。しっかり貯蓄できてなかったやつが悪いっていう自己責任論のほうが強い。リスク管理ができてないとか、努力が足りないとか。余計なお世話だっての」

見えない誰かに向かって、言葉の塊を投げつけているようだった。

「そんな……今の世の中、おかしくないですか？　ネットの中で感情的になってる人を見ると、コロナよりも人間のほうが怖い気がします。たったこれだけのことで、こんなにも変わってしまうなんて」

世界は変わってしまった。人もそうだ。極端に感染することを怖がるマネージャー。なんとかして金を稼ごうとしたり、急に政治の話をしだすメンバー。優越感に浸りたい元カノ。ネットの中で意見を言う、姿の見えないたくさんの人たち。

もともと、自分たちはこんな風じゃなかったのに……。

「……まぁでもさ、考えてみれば人生ってずっとこうなんだよな。別に、コロナとか関係なく、もともとな」

「もともと？」

「そう、もともと満たされてない人生なんだよ。みんなでコロナのせいにして、不満が一致してるから騒いでるだけ。みんな元の暮らしに戻りたいとか言ってるけど、元の生活も大したもんじゃなかったんだよ。まるでコロナが来る前の暮らしを、天国だったみたいな言い方しやがって」

　喉の奥が、ひゅっと音を立てた。彼が言おうとしていることを、聞くのが怖くなった。青い空を見上げながら、榊原さんは言う。これ以上続けないでほしい。そう思っていたら、榊原さんはこちらを見た。

「湊、コロナがなかったら幸せだったか？　バンドが売れてたら、本当に幸せだったか？」

　そう言われて、僕はもう一ミリも動けなかった。首を、縦にも横にも動かせなかった。

　こんなことにならなければ、僕は幸せだっただろうか。

　バンドにとってのチャンスが失われた。僕は本当にそれが悲しかったのだろうか。僕は本当に、ハベルコードが売れたら幸せだったのだろうか。

「逆に惰性で何かしてるより、これくらいのことがあって、良かったんじゃないか？」

　榊原さんの言葉は、まるで触れたら切れてしまう刃のように鋭かった。

「あ、そうだ」

　そう言って彼は、座っていることに飽きたように立ち上がった。

「ごめんな。あれ、偽物だったらしいんだよ」

「なんですか？」

「あのコインだよ。両面が表で刻印されてるやつ」

「……え？」

僕がもらってからずっと、窓台に置いて大切にしていたコインだ。

「詳しい人から聞いたんだ。製造過程で、両面にあそこまで綺麗にオモテ面が刻まれるなんて可能性はないらしくて、おそらく誰かが無理やり作ったものらしいんだわ。だから、お詫《わ》びにこっちをやるよ」

ポケットから何かを取り出して僕に渡した。手のひらの中を見ると、百円玉だった。

「あんまり美しくはないけど、本物のエラーコインだ。なんと表が刻印された上に、裏の模様が重なって刻印されてる」

もらった百円玉をよく見ると、オモテ面の桜の花の上に、裏面にあるはずの「１００」が刻印されている。

「一面に表と裏が共存してる。面白いだろ？」

なぜか誇らしそうに、榊原さんは言った。

それから僕は毎日部屋のベッドの上で、ほとんどの時間を過ごしていた。ネットを見ると気が滅入るので、もう何もしないようにしようと思った。

部屋の出窓から、ただずっと空を眺めていた。日によって雲の様子が全然違うことを、今さらになって知った。太陽が傾いて空の色が変わるのを見ていると、一日の終わりを感じて、また無駄な一日を過ごしたのだという焦りに苛《さいな》まれた。

日が沈んでしまうと、薄暗い部屋の中で、なぜか息が上手くできなくなった。呼吸をしても空気が肺の奥まで入らないようで、じっとしているのに息切れしているみたいになった。浅い呼吸を繰り返していると、何も出ないのに、腹の底から烈しい吐き気の波が込み上げてきた。

僕はただ気分の悪さに耐えながら、ベッドの上に横たわってぼんやり部屋を見渡していた。目に留まったベースは父がくれたもので、この部屋の中で一番古いものだった。あれは僕が楽しむためにくれたものではなく、友達を作るためのものだったらしい。そう思って見ると、あれはベースではなく、似た形をした酷い偽物のように思えた。

僕は立ち上がって、ネックに手をかけて乱暴に手前に引いた。赤茶色のベースは鈍い音を立て、あっけなく裏返しになって床に倒れた。なぜかわからないけれど、それでこれは偽物なのだと確信できた気がした。

この部屋で一番古いものが偽物だったのだ。ベースだけでなく、部屋の中の全てが紛い物なのだと思った。本棚の中の本や書類、テーブルの上にのっていた何かの郵便物など、僕は手当たり次第に手で払って床に落とした。

散らかった部屋の中、僕はもう一度ベッドの上に戻って布団にくるまった。荒い呼吸を整えながら目を閉じると、自分の心臓の音が聞こえた。ずっと音に集中していると、ふとなんの根拠もなく、時間というものは心臓の音によって区切られている気がした。秒とか分といった単位は、ただ人間が作り出したものに過ぎず、本来時間の流れというのは、心臓が司《つかさど》っているのではないかと思った。

鼓動の回数を数える。二百まで数えた時に、僕はなぜ、なんでも数字にしてしまおうとするのだろうと思った。

思えば、僕は数字を増やすことに懸命になるばかりだった。フォロワー数、いいねやリツイートといった、誰かからもらえるリアクションに夢中になっていた。

形に見えるものが欲しかったのだ。そしてそれは、本当は形にもなっていなかった。

僕が今まで積み重ねてきたものは、何か意味があったのだろうか。大学を出て、バイトをして、インスタグラムをして、バンドをして。それらが全て、まるで浜辺に打ち捨てられた傘の骨組みのように、誰も見向きもしない、ガラクタのような気がした。

想像した未来のこともそうだ。ノベルコードの中で、僕は何を追い求め、何を掴み取るつもりだったのだろう。ついて行くのに必死で、何もわかっていなかった。バンドが大きくなって、いいねの数が増えたからといって、それがなんになるのか。また、ただの数字が増えるだけなのに。

僕は結局、本当の意味で誰からも必要とされず、誰のためにもならない。茉由との関係だってそうだった。浅い場所で取り繕って、最後は何も残らない。

意味のないものばかり……。

もう、どうにでもなればいい。偽物ばかりのこの部屋ではない、どこかに行きたかった。そうでもしないとおかしくなってしまうと思った。だけど思いとは裏腹に、体を動かす力はなかった。どこかへと出かけられるような気力は、寸分も湧いてこなかった。

窓際に置いた、この前もらった新しいコインにふと目がいった。

——本物のエラーコインだ。

偽物だった前のコインとは違う。僕は、榊原さんからもらった百円玉を手のひらにのせて、これだけがこの部屋でただ一つ、紛い物ではない存在のような気がした。

——一面に表と裏が共存してる。

僕はそのコインを眺めながら、世界の裏側のように遠い場所のことを思った。

——美里さん。

彼女のことを考えた。

意味のないものばかりの僕が、唯一ステージの上に立って、何かのためになれた気がした瞬間があった。

僕の姿を見て、彼女は救われたと言ってくれた。

そこに嘘はないように思った。少なくとも、僕がそうだと感じられた。姿の見えない人からもらう言葉とは違う、確かな実感があった。

他にない。彼女しかいない。もう残っていない。

それから僕は、小さな決心をした。

決心をしてから行動に移すまで、また時間がかかった。

でもそうしようと決めてから、僕の心は砂時計のようにゆっくりと、それでも確かに次の場所へと動き出していた。

彼女と話してみたい。

それに、どんな意味があるのかもわからない。

だけど話してみたい。

強く、そう思えた。

玄関の扉を開けて、大きなスコップを持つ。冬の一日の始まりは、雪かきから始まる。今日は風がないので寒さはましだった。それでも、剥き出しの顔に触れる朝の空気は、皮膚を裂くように冷たい。

雪が積もった景色を眺めながら、僕はふと、初めてこの場所に来た時のことを思い出していた。世界の表裏が逆転してしまったような、どうにもならない苦しみの中を、あの時生きていた。あれからずいぶん時間が経った。季節は巡る。最初に来た時、ここはまだ暖かい春の日差しに包まれていた。

東京駅から新幹線と在来線を乗り継ぎ、四時間かけて岩手県水沢《みずさわ》駅に着く。さらにそこから、バスを乗り継いで、言われたとおりのバス停に降りた。

看板一つ立てられただけの、簡易なバス停だった。

ここで待ち合わせのはずだったが、そこには誰もいなかった。バスが予定よりも早く着いたのかもしれない。辺りを見渡すと、まるで絵のような田舎の景色が広がっていた。

知らない場所で、マスクをして一人で立っている。僕は急に心細い気持ちになって、帰り道のことを考えた。バスの時刻表を見ると、数時間に一本だけしかない。簡単に帰れる場所じゃないのは明白だった。

あまりに見慣れない景色で、あまりに静かだった。自分で来たのに、夢の中に迷い込んだのではないかと思った。少なくとも僕の脳は、この世界を夢だと認識し始めているみたいで、こんな状況なのに少し眠たくもなった。

「湊くん」

振り向いて、そこにあった姿を見て安堵した。

「無事来れたね」

「はい」

美里さんは、市販のものではなさそうな藍色の布マスクをして立っていた。動きやすそうな細身のデニムと、少しくたびれたオフホワイトのトレーナー・シャツを着ていた。

「なんか、前会った時と印象が違います」

マスクをしているだけでなく、前回会った時よりずっと若く見えた。あの時は喪服を着ていたからかもしれない。

「そう？」

「前は新宿駅で……」

「禁止」

「え？」

「ここでは、過去の話は禁止。あるのは今と、これからやってくる未来だけ」

涼しい風が、僕らの間を過ぎていった。

そう。僕はその時、過去の話をすることに釘を刺された。

「あと一応、二週間隔離だからね。私はともかく、他の人に迷惑かけられない」

「はい。……すみません」

自分の置かれている立場を思い出して、僕は改まった。その頃はまだ、人の移動に誰もが敏感になっている頃だった。僕はそれを振り切って、ここにやって来たのだ。

「ここから歩いて四十分だから」

「結構ありますね」

「運動はできるほう？」

「あまりやってないですが、苦手ではないと思います」

「そう。なら大丈夫か」

そうして、美里さんの家での暮らしが始まった。

春を過ごし、夏を超え、秋を通過し、僕らの暮らしは冬に至った。

「どうしたの?」

同じくスコップを持った美里さんが、ボーッと景色を眺めていた僕の背後から尋ねた。

「……初めてここに来た時のことを思い出してました」

「そう」

それだけ言って、美里さんはいつものように雪をかき始めた。

すぐそこの道まで除雪車が来るが、家の前の雪はさすがに誰もどかしてくれない。雪かきは朝のうちにやってしまわないと、溶けてベタ雪になり、かえって手間が増える。二人でやると、十分くらいで終わる作業だ。雪かきを始めると、すぐに体がポカポカしてくる。内側から温まって、背中や首まわりに汗が滲むことがある。

僕は、ここで生きている。

誰かを羨んだり、比べたり、疑ったりしなくていい場所で。

生きるために生きる場所で。


とはいえ、本当に世界の裏側まで来ることができたのなら、僕は現実に追いかけられる事はなかった。心の隅には、必ず東京での出来事があり、バンドのことがあり、コロナウイルスのことがあった。

僕は東京を離れた頃に、しばらくノベルコードとして活動するのをやめたいということを、メンバーにグループラインで伝えた。すると「今はそれがいいかもな」と蓮から返ってきた。それから、「バンドとしての活動はしばらく休止にしよう。で、俺はできることやっとくから、もしバンドが再開できそうになったらまたしよう」と続けた。また再開できるものなのかわからなかった。だけどその蓮の言葉は、流れる川の中で石の合間に引っ掛かった木葉のように、ずっと心に残り続けていた。公式のツイッターでも、バンドとしての活動は休止という発表を夏が来る前にした。ファンは残念がったが、ほとんどのバンドがライブ活動ができず、実質活動休止に追い込まれていることを、みんなわかっていた。

「僕は何をしているんだろう」

僕は東京でのことを、まるで発作のように時々思い出して、そう呟いたり、美里さんに話を聞いてもらうことがあった。当たり前だと思っていたことが、全てそうではなくなった。急激な変化を必要とされ、僕はその変化の速度についていけず、振り落とされてしまった。

美里さんは腹を立てることもなく、落ち着いて僕と向き合ってくれた。

東京を離れてしばらく時間が経つと、高円寺の部屋にいた頃の自分の精神状態が、あまりいい状態ではなかったことに、自分で気づくことができた。僕の心はあの時死んでしまっていたのだ。

「ここでの暮らしは、湊にとって心のリハビリみたいなものだよ」

美里さんは、穏やかな声で僕にそう言った。リハビリよりも、蘇生なのかもしれない。

「私はさ、別に都会の暮らしを否定はしないよ。私だって結構長く住んでたし。田舎の暮らしが人間本来の生き方だとか、そんな傲慢《ごうまん》なことは言わない。でも、人には合う合わないがあるんだよ。だから、選択肢くらい知りたいよね」

美里さんは、僕に生き方の選択肢を与えてくれたのだった。

あまりに違う生き方の中で、僕は戸惑いながらも、美里さんに教わったとおり、体を動かして、食事をとって暮らした。日々の農作業の中で、美里さんは僕に「手伝ってくれてありがとう」と言う。人の役に立てている気持ちになれたことは、僕の精神にとても良い影響をもたらしてくれた。

冬は、保存しておいた野菜を食べる。

畑の横に一メートルほどの穴を掘り、藁《わら》をしいて大根やジャガイモ、人参などの根菜を入れ、その上に土を被せておく。白菜やネギなどの葉菜類は、少し干してから新聞紙に包んで、キッチンの床下に入れておく。そうしておくと、どれもまるで採れたてのような鮮度が保たれる。

冬は外での農作業は少ないが、家の中で干してカラカラになった大豆を剥く作業が待っていた。ひたすらサヤから豆を取り出して、黒くなっていたり明らかに形が悪くなっていたりする豆をはじいていく。繰り返しの地味な作業だが、大切なことだ。豆は栄養もあるし、味噌や醤油にもなる貴重なものである。

　そうした作業のＢＧＭに、美里さんはディランを流していた。

「そういえば、湊がボブ・ディラン好きだなんて、私全然知らなかったんだよね。ここに来た頃から、ずっと流してたのに」

「過去の話はしないほうがいいかなって思ったんです」

「もう、そんな意味じゃなかったのに」

　美里さんはサヤから豆を剥いて、その色形を確かめながら瓶に詰めていく。

「湊は〝Blowin' in the Wind〟の、歌詞の和訳読んだことある？」

「はい。高校生の頃に読みました」

　和訳、と付けて検索すれば、大抵の英詞の和訳は見つかる。

「もしかしたら、感動がありふれた今の時代には、地味な歌詞だって若い人は思うかもね。反戦のメッセージも、私たちにとっては身近なものとは言い難いし。でも、答えの出しにくいあらゆる問題に対して、答えは探すものでも作り出すものでもなく、Blowin' in the Wind……風に吹かれてるっていうのは、今の時代もまさにそのとおりなんだと思う。風に吹かれているだけで、誰もわからないし、誰も掴み取れない。いい歌詞なんだよね」

　僕は頷いた。ディランはこの曲を作った時、サブスクで聴かれることも、五十歳以上も年下の女性にこうして褒められることも想像していなかっただろう。

「いい音楽って、どの世代にも好きな人がいるものなのよね」

「……でも、僕は多分違うんです」

僕は前から考えていた。自分でも不可解だったのだ。どうしてあんなに、昔の音楽や小説が好きだったのか。

「僕は、過去に憧れがあったんです。本当に、それだけの理由で聴いていたんです。その時代の空気に、浸りたかっただけなんです」

「どうして過去に憧れたの？」

「昔の時代のほうが、目に見えるものとちゃんと向き合えていた気がしたからです。今の時代は、あまりに速い速度で流れていく目に見えないものを、ずっと気にしていなくちゃいけない」

僕は目の前の、小さな大豆を一粒手に取って、続けた。

「前に、ウディ・アレンの『ミッドナイト・イン・パリ』っていう映画を観ました。知ってますか？」

「わかるよ」

「その映画のとおり、過去の人には過去の人の悩みがあります。だから、たとえ過去の世界に行けたとしても、人はそこでもまだ見ぬものに憧れを抱き続けるだけなんです。僕は幻想を追いかけているだけでした」

僕が言うと、美里さんは大きく息を吸って、それからゆっくりと吐いた。

「この時代だからこそ、いいところもたくさんあるでしょ？　そこはしっかり享受して、悪いところの被害者みたいな顔するのもずるいじゃない」

「……そのとおりだと思います」

「私は、幻想を追いかけて東京に行った。だけど想像と違って帰ってきた。人は時代の行き来はできないけど、同じ時代で生き方を変えることはできる」

美里さんは、透き通った目で僕のことを見つめた。

「だから、最後の選択は湊がすればいいんだよ」


ボブ・ディランのカバーバンドは、演奏できる曲が五曲に増え、サトルの歌とギターも飛躍的に上達していた。美里さんの教え方が良かったのかもしれないが、サトルががむしゃらに練習したことがやはり大きかったと思う。

年が明けてしばらくした頃、予定していたライブ、というか発表会の日が訪れた。

幸運にも晴天で、珍しく暖かい気候だった。

朝から僕ら四人は、本番どおりの曲順でリハーサルをした。普段は内側に向けているアンプやスピーカーを、観に来てくれる方のために入り口のほうへ向けると、音の環境はいつもと変わった。

「全然違うね」

サトルはスピーカーの向きがもたらす音の変化に驚いていた。

「やりにくい?」

「ちょっと。でも大丈夫そう」

サトルは長かった前髪を切って、若さ特有の屈託のない光を含んだ目がよく見えるようになっていた。そのほうがずっと印象が良かった。

秋に出会った頃より、彼は僕に心を開いてくれていた。

僕も最初、サトルのことが苦手だと思った。彼は暗いし、日によって機嫌が違うし、斜に構えている。そもそも、中学生とコミュニケーションを取るなんて、そんなに簡単なことじゃない。だけど、僕が彼を苦手だと思った理由が、同族嫌悪なのだと気づいた時、僕は自分で自分がおかしくなった。

サトルは、昔の僕に似ているのだ。自分はきっと特別なはずだと信じ、そう認められない辛さの中にいた、あの頃の僕と。

何度か一緒に音を合わせるうちに、僕は彼に自分を投影し始めていた。それから、僕が彼のためにできることがあるなら、なんでもしてあげたいような気持ちになった。それと同時に、彼といることで自分が格段に大人になったような気がした。自分はもう、とっくに大人の世界の人間なのだ。そんな当たり前のことに気がつけた。

発表会のリハーサルを終えると、僕らは倉庫の手前のスペースに、ゲスト用にそこら中からかき集めてきた椅子を並べた。

準備は、牧田さんの妻の真紀さんも手伝ってくれた。

真紀さんが作ってくれた手料理を昼に食べて、僕らはしばらく休憩をした。サトルは時折ギターを弾いたり、歌詞を確認したり、そわそわして落ち着きがなかった。

始まる三十分くらい前になると人が集まりだして、本番の十分前には、近所のおじいちゃんとおばあちゃんで、色んな形の十個の椅子は埋まった。

美里さんと牧田さんは、ヤカンから湯飲みにあったかいお茶を注いで配り、みんなでそれを飲みながら世間話に興じていた。椅子の後ろには立ち見をしてくれる人もたくさんいて、そのうちの五人はサトルと同い年くらいの子だった。サトルの学校の友達なのだろう。

当然楽屋だとかステージ袖なんてものはない。そもそもステージもないので、僕らは大体人が集まりきったら、普通に客席からそれぞれの楽器の場所に移動した。

牧田さんが〈何か言って〉という合図をサトルに送ると、彼は目の前のマイクに向かって話しだした。

「来てくださって、ありがとうございます。練習してきたので、聴いてください」

地味な挨拶だったが、集まってくれた人たちは勢い良く拍手をしてくれた。

僕は何一つ緊張していなかった。これまで人前で演奏する時は、いつもこんな風に余裕なんてなかったのに。今日の主役はサトルだからだろうか。いや、それなら今までも、主役といえば蓮だった。それなら、何が違うのだろう。

　ここにいる、誰一人として、僕がどのくらいベースを弾けるかなんてことは気にしていないかもしれない。ノベルコードの時はそうじゃなかった。ステージに立って演奏しているのに、みんなに品定めされているような気がしていた。もしかすると、あれは自信の無さの裏返しだったのだろうか。僕はずっと、蓮のように覚悟を決めて音楽をしてきた人生ではなかったから。

　サトルが、一つ目の和音《コード》をギターで弾いた。緊張しているのか、弱々しい音だった。しかしそこから徐々にリードギター、ベース、ドラムが入ってくると、サトルのギターはしっかり音が鳴るようになった。

　観客は少し場違いな手拍子を始める。スマホのカメラで動画を撮っている人もいる。

　サトルが〝Blowin' in the Wind〟の最初の歌詞を歌いだした。声はリハーサルどおりにしっかり出ていた。

　みんなは最初、彼があまりに流暢《りゅうちょう》に英語を発音するものだから驚いていたようだった。そこからしばらく引き込まれたように真剣な顔をしてから、やがて表情を緩めてニコニコしながら僕らの演奏を観てくれるようになった。

　サトルは恥ずかしいのか、伏し目がちになって歌と演奏に集中している。僕は美里さんと牧田さんと目を合わせて笑った。間奏に入った時に、サトルも少し余裕ができたらしく、お客さんのほうを見て、それから僕らのことを順番に見て、小さく微笑んだ。

その景色に、僕は過去に見た似た景色を重ね合わせていた。ハルがいてテツがいて、前に蓮がいて。目を合わせて笑ってくれた表情や、客に向かう背中。胸がキュッと痛くなって、景色がわずかに滲んだ。ダメだと思い、僕は固く目を閉じて、心を落ち着けてからもう一度辺りの景色を見渡した。

音楽の中で、みんなが笑っていた。今演奏している曲は自分たちの曲ではないし、お客さんも僕らのファンなわけでもない。

だけど、この場にいるみんなが、同じ音楽を聴いて笑っている。

音楽の本来のあり方ってこうなのかなと、僕はふと、確信めいたことを思った。人に感動を与えるとか、そんな高尚なものではない。ただ、みんなで集まって楽器を弾いて、聴いてもらえたら、それで嬉しいんだ。

そう気づいたと同時に、どうしてノベルコードではこれができなかったのだろうと思った。東京だから。お金を稼ぐためだから。いや、本当にそうだろうか。それらは同時に成り立たないものなのだろうか。少なくとも、初めて一緒にスタジオに入った日は、ここに近い空気があったはずだ。

そうだ。きっとノベルコードでも、こんな風に楽器を演奏できる可能性がある。

僕はもう一度目を閉じて、蓮と、ハルと、テツの顔を思い浮かべた。

僕の頭の中にずっとあった、霧のように不確かな思いが、一つの塊になろうとしていた。

発表会の評判は上々だった。

近所の人たちは僕らの意外な一面を見て、「お金取れるんじゃないか」とまで言ってくれた。カバーバンドでさすがにそういうわけにいかないが、そう言ってくれる気持ちが嬉しかった。

サトルは終わった後、学校の友達としばらく話していた。出会った頃よりも、胸を張って、自信を持って人と接している彼を見て、僕は自分が置いていかれているような、少しだけ寂しい気持ちになった。

集まってくれた人たちと世間話をして、片付けてから家に帰ると、もう山の向こうに日が沈んでいた。僕と美里さんは一緒に晩ご飯の支度をした。

保存していた野菜を使って、はっと汁を作ろうと美里さんは言った。ここで冬を迎えて、初めて知ったはっと汁は、東北の郷土料理らしかった。地域や家庭によって味は違うらしく、最初の時に美里さんは「うどんみたいなものだよ」と適当に説明した。僕は野菜や鶏肉を切り、美里さんは味付けをし、小麦をこねて伸ばしてちぎったものを入れた。

二人でテーブルを挟んで、はっと汁を食べる。冬は、体が温まる食べ物がいい。

「楽しそうに演奏してたね」

「そうですね。サトルにとって、きっといい経験になったと思います」

「違うよ」

「ん？」

「湊が、楽しそうにしてたねってこと」

美里さんは僕の顔を見て、いたずらっぽく言った。僕は少し恥ずかしくなる。

「……楽しかったですよ」

「裏の世界でも、楽器弾くのは楽しいんだね」

「そうみたいですね。……あれ。僕はここのことを、裏の世界なんて言ったことありましたっけ？」

「いや、湊にとってそうなんじゃないかなと思っただけ」

美里さんは柔らかい黒い瞳で僕のことを見つめた。その目は、全てを見透かしているみたいだった。

「表の世界のこと、思い出してるんでしょ？」

僕の目を見つめながら、彼女は言った。

今日、みんなの前で演奏しながら、音楽が楽しいと思った。僕は根本的なことであるそれを忘れていた。

「ここに来てわかったのは、この世界に、表も裏もないということです」

僕はそう言ってから、白菜を箸で口に運んだ。それが畑でどんな姿をしているのか、どうやって育てられているのかさえ、あの頃は知らなかった。

「私は前に、湊から言われたことについて考えてたんだ」

「前？」

「秋の頃かな、私は、東京から逃げたのかもしれないって話」

僕がここで楽器を弾くようになった頃。ノベルコードのことを思い出して、気持ちが焦ってしまった時のことだ。

「私だって東京で本物になりたかったし、憧れてた。そうなれなくて帰ってきた私を、負けたとか、逃げてきたっていう人もいる。でも、やっぱり私は選んだと思ってる」

美里さんは落ち着いた仕草で箸を置いて、視線をゆっくりと僕に向けた。

「きっと、合う合わないってあるんだよ。そう思って割り切るしかなかった。私は今の時代についていけなかったから。自分を変えることに違和感があったから。そういう苦しみを抱えている人って、きっと現代にたくさんいるよ。勝手かもしれないけど、私は湊のことを初めて見たとき、どこか昔の自分と重なって見えた。時代の急激な流れの中で、水面に平気な顔を出して、水中で無理をしているような」

新宿駅で初めて会った時。僕のスマホを見ていた時と似た表情を浮かべて、美里さんは言った。

「見えないものを追い求める喜びもあるかもしれない。だけど私はそれが全てじゃないと思った。生きるために生きることだって、一つの選択だよ。負け惜しみに聞こえるかもしれないけれど、そんな風に正直に感じた経験があるから、ここで幸せに暮らせているんだと思う」

「東京で暮らしたことにも、意味があったってことですか」

「うん。行かなかったら、憧れ続けてたと思うから。湊、人生に無駄なんて一つもないんだよ」

「……そうですよね」

美里さんの言葉が、優しい熱を持って胸の中に広がっていく。はっと汁の前で、僕は目に涙をためていた。

無駄なんて一つもない。もし本当にそうだとするなら。僕がここに来て、見て、感じたものに意味があるとするなら。

「湊も、東京でやって来たことがあるから、今この時間があるんでしょ？　そして……これからがある」

「はい」

「だから、いいんだよ。湊は、やりたいことをすればいい。ここが正解じゃない」

僕は、ずっと迷っていた。どこにいたって、迷うのは同じだ。でも、ここに来なければ知らなかったことがたくさんある。

初めてかもしれない。自分から。自分から何かをやりたいと思った。

「……僕、もう一度東京に戻って、バンドをやりたいです。ノベルコードっていう、かっこいいバンドを」

この場所でそのバンドの名前を口にすると、違う星の言葉のような、何かの暗号《コード》のようにも感じられた。だけど僕は、遠い場所にあるそれに向かって手を伸ばそうとしていた。誰かに頼まれたわけでもなく、特別になりたいからでもなく。ただそれをやりたいから。

美里さんは、何も言わずに頷いた。

「それが正解かとか、そんなことはわからないんです。ただ、自分の意思で選択したいと思いました」

僕は喉から言葉を絞り出すように言った。

「いいんじゃない。正解なんてないよ、だって……」

美里さんは僕をまっすぐに見つめた。

「答えは、風に吹かれてるんだよ」

そう言って、彼女は小さく微笑んだ。

それから、僕は久しぶりにそのライングループを開いた。メンバーに連絡をする。バンドは去年の夏前から活動休止のままだった。

僕は自分から去っていった手前、今さらみんなになんと言えばいいのかわからなかった。メンバーだって、この一年間色んなことがあっただろう。環境も気持ちも、大きく変わっているかもしれない。

それでも僕は、あのリハーサルスタジオで最初に音を合わせた時のことを思い出すと、ちゃんと伝えたいと思った。あの時、僕は確かに音楽を楽しんでいた。サトルと一緒にライブをした時と同じように。

僕は、こんな今の時代が嫌いだ。だけど、どうせ嫌いなものと闘うなら、音楽がいい。あの三人と一緒がいい。四人で音を鳴らすのは楽しかった。だからもう一度、あの時みたいに楽器を弾きたかった。

もう一度、一緒にスタジオに入らせてほしい。ノベルコードの曲を、演奏させてほしい。

思いを込めた、長い文章を書いた。

ごめん。自分勝手なんだけど、一回だけでもいいから、付き合ってくれないかな。

最後にそう締めくくって、震えた指で送信した。

今の時代が嫌いでも、この時代のいいところはたくさんある。

こんなに簡単に繋がれるところもそうだ。

あと、現代の都会では、大抵の食べ物が旬なんて関係なく食べられる。

蓮、バンドの旬とか、関係ない。

きっといつだって、必要としてくれる人はいるはずだから――

# ♯5 春に鳴る、新しい音

新宿駅近くの甲州街道沿いにあるカフェは、平日の昼間からほとんどの席が埋まっていた。小さな声でぼそぼそと話すカップル、手を叩きながら笑う女性たち、スーツを着た中年の男性グループ。同じ空間に、同時に何種類もの人生が交錯していた。

向かい合ったソファに座って、僕はその景色を眺めていた。全てが始まった二年前のあの春の日。蓮にバンドに誘われ、茉由と街に出かけ、レイモンドでバイトをしていたあの頃。ここに座ると、まるで長い時のトンネルを遡って、同じ場所に戻ってきたような不思議な感覚がした。

だけど時間は確実に経過していた。

あの頃と違って、僕の周りには三人の仲間が座っていた。

「やっぱり、曲順はさっきので問題ないと思う。でも真ん中のブロックはもっとテンポ良くいきたい。曲を繋げるとかするといいと思うんだよな」

「それいいかもな。アップテンポのまま、ドラムとベースで繋ぐシーンにするとか」

「じゃあ俺もギターを後ろにして、前に出て手拍子煽るよ」

蓮、テツ、ハルが順番に話す。僕はその瞬間、なぜか画面の中の話を聞いているみたいに、じっと会話を眺めていた。

「……湊、それで大丈夫か？」

蓮が黙っていた僕に言った。急に話を向けられ、僕は目が覚めたように反応した。

「あ、うん。いいと思う。次のリハまでに、そのシーンのベースのフレーズ作ってくるよ」

僕が言うと、蓮は微笑んで頷いた。

「あと二回のリハで間に合うかな？」

「大丈夫だろ、いけるよ。一番聞かせたいのは後半のバラードだ」

テツの心配そうな言葉に、蓮は自信を持って答えた。

「もう来週末が本番だもんな。蓮、風邪ひくなよ」

「ハルのほうがひきそうだろ」

蓮にそう返されハルは笑った。僕とテツも笑った。


バスタ新宿前から駅へと渡る交差点の前で、信号が変わるのを待っていた。道を行く人はみな顔にマスクをつけているが、暖かくなってきている気候に、どこか安心しているようにも見えた。

「あの席、なんか懐かしい気持ちになったよな」

カフェからの帰り道、蓮は僕と二人になってからぽつりと言った。

「……そうだね。色々思い出した」

僕らは今日、代々木ノアでリハーサルをしていた。スタジオのロビーでのミーティングは禁止されていて、新宿のカフェに移動した。

偶然あの席が空いていたから座った。二年前に座った席と同じだった。蓮は一度こちらに目配せをしたが、席のことは何も言わなかった。きっと蓮もあそこに座って、何かを思ったのだろう。

ひと月前に、僕が美里さんの家から送ったラインの返事は、思ったよりあっさりしたものだった。

「いいよ」とテツ。

「一回スタジオに入ろっか」とハル。

「来週とか、空いてる日ある？」と蓮。

誰も多くを語らないのは、照れ臭さがあるからだと思った。ともかく僕らは、音を出すためにすぐにスタジオに入った。

「いい感じだし、せっかくだからライブしようぜ」

久しぶりに入ったスタジオの後で、蓮はそう言った。演奏するのが楽しかったのだ。

「会社に言わず、勝手にやっちゃうってこと？」

ハルが尋ねた。

「いや、非公式で、友達とか呼んで小規模でやろう。でもライブは本気で。首藤さんにも来てもらって、すげぇライブ見せつけてやろうぜ。俺らこんだけできるんだぜって、仕切り直しの気持ちで」

蓮は嬉しそうに言った。

以前もやったライブハウス新宿ＭＡＲＺに蓮が電話して、ライブの予定を組んだ。平日でもプロダクションに所属していないバンドや、地下アイドルのイベントでスケジュールは結構埋まっているらしかった。ライブハウスの状況も、規制と緩和を繰り返しながら、何もできない一年前の春よりはいくらかマシになっているみたいだ。

僕らは一ヶ月後の平日に、ライブをすることになった。全てのライブが中止された頃を思うと、こうしてライブの予定を組めることが奇跡のような気がした。

信号が変わって、僕らは歩きだした。目の前の大きなルミネの広告には、花柄の服を着たモデルの女性が写っていた。

「実質、俺らがバンドやってたのって一年だけなんだよな。湊が入ってから、一気に目まぐるしく状況が変わっていって。大きくなってきたと思ったら、どうにもならなくなって。でもバンドっていいよな。久しぶりに集まっても、こうやって同じ曲を演奏できて、同じ景色を見てきた記憶があって」

「だけどバンドのことは、結局蓮の言うとおりだったかもしれない」

僕が言うと、蓮は小さく首を傾げた。

「蓮の言うとおりに続けていれば、今みたいに、また一から始めるようなことはしなくて良かったかもしれない」

蓮は僕の言葉を噛みしめるようにしばらく沈黙を保った。

「なぁ、ちょっと俺の話していい？」

蓮は僕のほうに顔を向けて言った。僕は「いいよ」と言った。

「結局さ、ダメだったんだよ。YouTubeとか生配信とか、なんか色んなことしたけど、全然ダメで。いや、ダメってわけでもないか。結構観てくれる人もいたし、暮らしていけるし。つまり、そこそこだったんだ。でもそこそこってさ、ダメ以下かもしれない。そんなことでも満足しちゃうし、やってるような気持ちにもなる。でも今の時代って、昔と違って結果が出てないことがファンの人にもわかるだろ？　見てる人の数字とかも如実に出るし。特に一回成功した過去があると、それと比べられる。みんなもう、見抜いてるというか。あぁ、それでも頑張ってんだな、って思われてる感じ。そんな環境の中で、結果が出るまで続けていくことって本当に大変なんだよな。そうだ、瑛里華って覚えてる？　俺の彼女」

僕は思い出しながら頷いた。会ったことがあるのに、なぜかツイッターの写真の姿が思い浮かんだ。

「あいつコロナで仕事全部なくなってさ、いったんやめて、実家に帰ったんだよ。俺もその時相手にする余裕がなかったから、今思うと可哀想なことしたかなって思うけど。で、瑛里華のこと見て思ったんだ。何かして、なんとなく上手くいって、その繰り返しで生きてきた人って、弱いんだよ。俺もそうでさ。苦労してきたようで、本当の意味でどうしようもない状況って知らなかったから。別に苦労するのが偉いとか全然思わないけど、相応の痛みを知らないと、人って人としての深みが出ないいんだよ。なんか説明するのむずいな」

わかるよ、と僕は言った。

「蓮はじゃあ、今後悔してるわけじゃないんだ」

「それも、なんて言えばいいかな。誰だってこんな時代になって、心に歪《ゆが》みを抱えたと思うよ。でもさ、それを失った時間だって言いたくないじゃん」

「失ってないと思う。無駄じゃなかった」

だよな、と蓮は言った。

「なんか、良かった」

僕は大きく息をついて、安心して言った。

「何が?」

「蓮に恨まれていたらどうしようかと思ってた」

「そんな余裕もなかったよ」

蓮は大人びた微笑みを浮かべてそう言った。心なしか、僕は自分の足が軽くなったような気持ちだった。

「湊、なんか変わったな」

「そう?」

「自然でいいよ。前は少し、格好つけてたし。それはそれで良かったけど」

ありがと、と僕は言った。蓮はよく人を見ていると思った。

駅の改札の前は、狭い空間で縦横斜めの全方向から人が交差している。だけど誰もぶつからない。

「俺たち、大変な時代に生まれたよな」

蓮はポケットから取り出したスマホを改札にかざして、駅の中に入った。僕も後ろに続く。もう一度横に並んでから、蓮は言葉を続けた。

「……だけど、同じ時代に生まれたんだ。しかも、一緒に演奏までして。それってすごいことだよな。やめちゃダメなんだよ。だから湊から連絡が来て、俺も嬉しかった」

蓮は少し俯き加減になって言った。それから僕のほうに顔を向ける。

「これが俺たちのストーリーだし、ノベルコードのアルバムタイトルの『Story of music』も、後付けだけど、そうした時間を乗り越えてできた音楽って意味になると思うんだ」

ちゃんと考えていて、したたかで、前へ進む力がある。蓮はやっぱり格好良い。

僕は「いいと思う」と言って笑った。

家の中で、僕は出窓のところに置いていた百円玉を指先で摘んだ。それはひんやりとしていて、とてもちっぽけなコインだった。僕がいない間に、氷のように溶けてなくなっていても不思議じゃなかったような気がした。

そして思い立って、僕は榊原さんと連絡をとった。彼は今、野方《のがた》にある自宅を仕事場にしているらしく、そこに僕を誘ってくれた。

そこに向かう途中に、レイモンドがあったところを見にいった。通い慣れた道の先で、かつて古着屋だった店のシャッターは、もう二度と開かれることがないと思うくらいに、固く閉ざされていた。シャッターの前のスペースで、榊原さんがタバコを吸っていた姿を思い出した。タバコを吸っている姿を見たのはあの一度きりだったが、その景色はなぜか強く焼きついていた。

時間は経過した。残酷な時間が。誰かが何かを失ったし、失ったことに気づいていない人もいるだろう。ノベルコードも確かに、貴重なチャンスを失ったかもしれない。だけど僕はそのおかげで、自分の意思で歩く方法を見つけることができた。少なくともそう思うことが、僕ができる精一杯のコロナウイルスへの仕返しな気がした。

僕は榊原さんに指定された野方一丁目の住所へ歩いていく。一軒屋や古いアパートが並ぶ細い道に、特に古い家が一軒あった。

「よお」

その家の前で、榊原さんは僕を迎えてくれた。古着らしい生地の擦れたデニム・ジャケットに、大きなポケットが左右についたカーゴ・パンツを履いていた。

僕は彼の鉛筆で描いたような薄い目鼻立ちを見て、ああそんな顔をしていたんだな、と思い出してしっくりきていた。僕は彼の顔を見るだけで、不思議に心が和らぎ、慰められたような気分になった。

玄関の扉は引き戸になっていて、榊原さんが開くと、ガラガラと音を立てた。中に入ると正面に階段があり、榊原さんは僕を二階に案内した。

「これ、賃貸なんですか？」

「そう。掘り出し物だな。広いのに安くて」

とても古い家らしくて、階段は歩くとギシギシと音を立て、頭を梁にぶつけそうで少し屈んだくらいだった。階段の先は短い廊下と左右に部屋があった。榊原さんは、右側の和室のふすまを開けた。

「まぁ、適当にくつろいでくれ」

部屋の正面の窓際にウォールナットのカウンターデスクが置かれ、その上には開かれたラップトップがあった。床《とこ》の間には三十センチほどのスピーカーとサブウーファーが設置されていて、そちらに向かってチャコール色のファブリック・ソファが置いてあった。畳の部屋に置いてあるものはどれも西洋風だったが、ちぐはぐな感じはしなかった。

「おしゃれな部屋ですね」

僕はソファに座り、榊原さんはデスクのそばにあるチェアに座った。

「店畳んでから、ここに引っ越してきたんだよ。ネットで古着売ろうと思ったけど、服を置く倉庫がいるだろ？　色々探してたら、広い家借りたほうが安くつくってわかって。一階を倉庫にしてるんだよ」

彼はデスクの上にあるラップトップの、トラックパッドを意味もなく触りながら言った。

「レイモンド、ネットでお店出してたんですね」

「家賃かからないしな。あの店に来てくれてた常連もいただろ？　そういう人がネットで買ってくれるんだ。ネットショップも、今は出店しやすくなってるし。俺が仕入れた古着を着たいって人がいてくれるんだよ。そういう個人の信頼って大事だよな。まぁ、なんとかやれてるよ」

彼はまるで、僕に心配されないように説明しているみたいだった。

「で、湊は何やってたんだよ」

「実は、しばらく東京を離れてたんです」

僕はこの一年あったことを要約して話した。世界の裏側の話。そこで出会った人や、暮らしの話。それから、自分で選択して戻ってきたこと。

「一年か……。そんなに裏側に行ってると、戻ってきた時が大変だったんじゃないか」

榊原さんは変なところを気にしてくれた。でも、確かに榊原さんの言うとおりだった。

新幹線で東京に戻ってきた日。僕は久しぶりに人混みの中を歩いた。帰ってきた、という感覚はあまりなかった。むしろ、違う物語の登場人物なのに、自分だけ誤って違うストーリーに紛れ込んでしまったような違和感があった。東京駅から中央線に乗って、高円寺まで帰ってくる。自分の部屋に入ると、排水溝の匂いと人の体臭が混じったような、鼻を突く嫌な匂いがした。死んだ心の腐臭だと思った。家を出た頃に抱えていたものの全てが、部屋の中に取り憑《つ》いているようだった。僕は窓を大きく開けて空気を入れ替え、念入りに掃除機をかけた。洗濯できるものは全て洗濯し、必要のないものは次々とゴミ袋に詰めていった。ゴミ袋が一つ増えるたびに、僕は何かから解放されている気持ちになった。

「だけど、僕は戻って来たんです。自分の意志で」

僕の言葉に、榊原さんは納得したように頷いた。

「ま、でも意味はあったみたいだな。前に会った時は様子が変だったし」

「そうでしたか？」

「おう。湊は自分に与えられた役割を、完璧にやり遂げようとするタイプだからな。俺とは違う。そうだろ？」

言われてみれば、そうなのかもしれない。

「僕はたまに、自分のことがどうしようもなくなってしまうことがあるんです。思いどおりに体を動かせなくなると言うか。後から思うと、同じ自分だったとは思えないみたいに」

「でも、もう大丈夫そうじゃないか」

「はい。きっと」

僕の言葉に榊原さんはしばらく動かず、何かを考えているようだった。それからラップトップを操作し、スピーカーから音楽を再生させた。スピーカーとはワイヤレスで繋がっているようだった。

流れ始めたのは、聞き馴染んだしゃがれた声が、まるでこちらに語りかけてくるような歌だった。

「なぁ。去年、ディランが新しいアルバムを出したんだ。知ってたか？」

「知らなかったです」

新曲を出すような人だとさえ知らなかった。サブスクでは曲で検索するので、聴いてはいても情報まで入ってこない。

「一曲目が〝I Contain Multitudes〟って曲なんだ。何度もそのフレーズが出てくる歌でな。この歌詞のとおりで、人には色んな側面があるんだよ。絶望に打ちひしがれることも、希望を抱くことも、同じ人なんだよ。だから、湊はそれで合ってるんじゃねぇの」

榊原さんなりに僕を励まそうとしているのだとわかると、僕は彼のことがとても愛しく思えた。

「二〇二〇年、彼の新しい歌が出たってことで、そんなに悪くない年だったんじゃないか。完璧な年なんてない」

僕は音楽を聴きながら、立ち上がってポケットに手を突っ込み、中にあるものを取り出した。

「これ、榊原さんに返します」

僕が手を伸ばすと、榊原さんは手のひらを上に向けて受け取った。彼は自分の手のひらにのった百円玉のエラーコインを、鑑定するようにまじまじと見つめた。

「どうしたんだよ。せっかくあげたのに」

「もう役目を終えたんです」

「役目？」

「はい。大切な役目を果たしました」

世界も、人も、一つの面だけでは語れない。全ての面を合わせて、一つなのだ。僕はそれを榊原さんから教えてもらった。

榊原さんは百円硬貨をギュッと力強く握りしめた。それから、真剣な顔になって口を開いた。

「湊、大切なことを一つだけ伝えておく。元の世界に戻ろうなんて思うなよ。お前、元に戻りたいって思ってるんだろ。それは間違いで、元の世界なんてもう存在しない。新しい世界に行かないといけないからな」

彼の少ない表情から、僕を心配して言っているのだとわかった。僕は小さく頷いた。

ライブの当日、地下へ続く入り口の階段の前に立てられた看板には、バンド名は書かれておらず、「再会。再開。」というタイトルだけが書かれていた。蓮は意外にも、そんな洒落《しゃれ》たライブタイトルをつけた。僕は以前、彼が無茶苦茶なタイトルをつけたのを思い出していた。あの頃とは違う、随分大人びたタイトルだった。

今の状況でお客さんが心地良くライブを楽しめる環境を作るためには、これまでのキャパどおりに入れることはできない。しかしお客さんの数を減らしても、会場費はこれまでどおりかかるため利益は出ない。

どうしようもない時代になっていた。

そのどうしようもない時代に、ノベルコードは再開しようとしていた。

盛り上げるだけがライブじゃない。そう言って蓮は最後のブロックで、新曲として三曲連続でバラードをやることを提案した。「来てくれる人の、ライブのイメージを変えたいんだよ」と彼は言った。今回のライブは非公式なので、それを試したい、ということだが。

どのバンドも、こんな状況で何を届けていくのか考えたはずだった。蓮が出した一つの答えは、そういう表現の方法だった。

本番。ノベルコードのいつものSEが鳴った。ステージ袖で一列に並んでいる僕らは、緊張とはまた違った不思議な感情に包まれていた。

「ライブするってだけで、力がみなぎってくるんだよな。やっぱり好きなんだろうな、バンド」

僕の前に立っているテツが言った。

「あー、ワクワクするなぁ。やっと戻って来れたって感じ」

振り返ると、後ろに立っているハルの目が、照明の光を反射して光っていた。その向こうで、蓮は黙って僕に頷いた。

テツが最初にステージへ歩きだし、僕はそれに続いてステージに立った。久しぶりに立ったステージは、雨上がりの柔らかい地面に立っているような、心許ない感覚だった。

フロアも、過去に見た満員の客とは違う。それぞれの友達や、知っているスタッフの姿が並んでいるだけだ。

だけど、ここからもう一度始める。僕は、僕らは、そう決めた。

「ノベルコード、始めます！」

きらめきの中、蓮が叫んで、一曲目が始まった。


新宿三丁目の地下にある居酒屋に十人くらいで集まり、みんなでビールで乾杯した。メンバーと、その友達だけで行われた打ち上げは、僕の知らない人も何人かいた。

ライブには、たくさんの知り合いが観に来てくれていた。メンバーそれぞれの友人やお世話になった人。そして S-Records の人たち。今、ライブを観て欲しいと思う人みんなに来てもらった。

僕は榊原さんを招待した。彼はすぐに帰ってしまったので、まだ感想は聞けていないけれど。

ライブの後、楽屋に来た首藤さんは「ベストではないと思うけど、これはこれで挑戦的で素晴らしかった」と拍手をしながらご機嫌そうに言った。

「まぁ、無駄な一年じゃなかったんじゃない？　近いうちに一回ミーティングしよう」

そんな言葉を残して帰っていった。彼も今のノベルコードのライブを観て、何かを思いついたのかもしれない。

打ち上げでも、そんな彼の言葉は話題になった。

「あんな風に言ってたってことは、多分これからも一緒にやろうよってことだよな」

テツが言った。

「多分そうでしょ。だとしたら、ライブやって良かったなぁ」

ハルは珍しく顔を赤くしていた。さっきから結構な量を飲んでいる。

「認められるって嬉しいよな。でも今は、俺たちがどうしたいかっていうのが一番大事なんだと思う」

蓮は相変わらず強い意志のある言葉で言った。

打ち上げに来ていたテツの彼女であるアヤが「バラードの曲多めにするのいいよね。時代に合ってると思う」と言った。盛り上げるだけがライブじゃない、という考えはおおむね評判が良かった。「でも、いずれ元の世界に戻るだろうから、その時はしっかり盛り上げるライブにする」と蓮は言った。

「ツアーもするの?」と言われると、「元の世界に戻ったら」と蓮は答えた。

そんな風にバンドのこれからの話もポツポツとしたが、ほとんどはそれとは関係のない話で盛り上がった。テツはこれから実家を出て、アヤと二人暮らしを始めるらしく、それについてのアドバイスをみんなでした。どの地域が住みやすいとか、家賃が安いとか。

僕はトイレに行くために席を離れてから、ふと夜風に当たりたくなって店を出た。階段を上がって地上に出る。新宿の街には、僕の求めていた心地いい風は吹いていなかった。夜でも明るく、人は往来を続け、道路は車が走り続けている。去年の春の緊急事態宣言なんて、悪い夢のようだった。

僕は歩道の端の柵を跨いで乗り越え、歩道を背にしてそこに腰掛けた。少しだけ酔っていることを自覚した。ポケットからスマホを取り出して、美里さんに電話をかける。電話は四回目のコールの後に繋がった。

「どうしたの?」

「あの、今日、ライブしてたんです」

「そうなんだ。どうだった?」

僕は自分が感じたことを正直に話した。仲間と演奏できるのがすごく嬉しかったこと。あんな風にライブハウスで音を出せるのが幸せだと思ったこと。でもライブの中身は正直、大成功とは言えなかったこと。歌も演奏も完璧とは言えず、僕が知っているノベルコードと比べると、幾分精彩を欠いているように感じた。蓮の良さが百パーセント出ているようにも思わなかった。

「まぁ、そんなもんじゃないの」

僕が話すと、美里さんはそう言った。

「久しぶりだったからかもしれないです」

「プロの世界は厳しいね。でも、その偉い人に褒められたなら良かったんじゃない」

「良かったと思います」

結局、良かったのだと思う。そのはずなのに、まだ何かに怯えている自分がいた。

「きっといずれ、世の中は元に戻っていくね」

「はい。でも、元に戻ろうとしちゃダメだって。元の世界なんて存在しないから、新しい世界に行かないといけないって。僕はそう、尊敬する人に言われました」

僕はそう言いながら、なぜか空気に話しかけているような、不思議な感覚を抱いていた。

僕は途端に堪らなくなって、変なことを口走っていた。

「美里さんは、僕を必要だと思ってくれますか」

「何それ急に。口説いてるの？」

「そうだと思ったなら、それでもいいです」

しばらくの間、沈黙が耳元から聞こえた。まるでこの電話の先に、音の鳴るものなど存在していないかのような沈黙だった。僕は柵に座ったまま、車道を連なって走る車を眺めていた。やがて耳元から、美里さんの声が聞こえた。

「私には、湊が必要よ。だけど、湊が東京にいても、私は生きていく。ちゃんと生きていく」

彼女はどんな顔をして言っているのだろう。すぐ近くにあったその表情を、僕は思い描くことさえできなくなっていた。

「それでも、必要だって言っていいかな?」

電話の声を聞きながら、僕は気がつけば涙を流していた。喉の奥から込み上がってきた嗚咽《おえつ》が、低い音になって口から漏れた。なぜ自分が泣いているのかわからなかった。

都会の騒がしい喧騒《けんそう》の中、耳に当てた向こうの世界に耳を澄ませた。

湊、と後ろから誰かに呼ばれた気がした。

本書は、小説投稿サイト「ステキブンゲイ」に掲載されたものに加筆し、訂正を加えたものです。

ステキブンゲイ
https://sutekibungei.com/

装画＝こざき亜衣
装丁＝中田舞子

河邉徹

1988年6月28日、兵庫県生まれ。関西学院大学文学部卒業。ピアノ、ドラム、ベースの3ピースバンド・WEAVERのドラマーとして2009年10月にメジャーデビュー。バンドでは作詞を担当。2018年5月に小説家デビュー作となる『夢工場ラムレス』を刊行。2作目の『流星コーリング』が、第10回広島本大賞（小説部門）を受賞。3作目となる小説『アルヒのシンギュラリティ』では人とロボットが暮らす街の物語を表現豊かに描いた。

# 僕らは風に吹かれて

2021年3月8日　初版第1刷発行
2021年4月5日　　　第2刷発行

著者　河邉徹

発行人　中村 航

発行所　ステキブックス　https://sutekibooks.com/

発売元　星雲社（共同出版社・流通責任出版社）
住所：〒112-0005 東京都文京区水道1-3-30
電話：03-3868-3275

印刷・製本　シナノ印刷


ISBN978-4-434-28591-2
C0093